LAS PALABRAS
QUE CONFIAMOS
AL VIENTO

Laura Imai Messina

LAS PALABRAS QUE CONFIAMOS AL VIENTO

Traducción del italiano de
Irene Oliva Luque

narrativa
salamandra

Penguin
Random House
Grupo Editorial

Título original: *Quel che affidiamo al vento*
Primera edición: junio de 2022

© 2020, publicado por primera vez en Italia por Piemme
Publicado por acuerdo con Grandi & Associati, Milán
© 2022, Penguin Random House Grupo Editorial, S. A. U.
Travessera de Gràcia, 47-49. 08021 Barcelona
© 2022, Irene Oliva Luque, por la traducción

Printed in Spain – Impreso en España

ISBN: 978-84-18681-29-5
Depósito legal: B-7.562-2022

Impreso en Romanyà-Valls
Capellades, Barcelona

SM81295

A Ryōsuke, a Sōsuke y a Emilio,
a las voces que siempre os acompañarán

Advertencia

Para la transcripción de los términos japoneses, se ha empleado el sistema Hepburn, según el cual las vocales se leen igual que en castellano y las consonantes como en inglés.

Cabe señalar además que:

g corresponde a un fonema velar sordo, como en *gato*, *goma* o *guante*

h es aspirada

j es una africada sonora que podría estar entre la *ll* de *lluvia* y la *ch* de *chocolate*, pero que no existe en español estándar

s siempre es sorda, como en *sábado*, *mesa* o *estrella*

sh es fricativo como la *ch* en algunas variantes del español

u precedida de *s* y *ts* (*su* y *tsu*) es casi muda y se ensordece

w	se pronuncia como una *u* breve
y	es consonántica, como casi siempre en español, por ejemplo, en *yema* o *mayo*
z	es una *s* sonora, que no se da en español

Se mantiene el signo diacrítico o macrón en las vocales sujetas a alargamiento. Siguiendo la convención japonesa, el apellido precede al nombre.

Esta historia está inspirada en un lugar que existe realmente, en el nordeste de Japón, en la prefectura de Iwate.

Un día, un hombre instaló una cabina telefónica en el jardín de su casa, a los pies de Kujirayama, la montaña de la Ballena, justo al lado de la ciudad de Ōtsuchi, uno de los lugares más afectados por el tsunami del 11 de marzo de 2011.

En su interior hay un viejo teléfono negro, sin conexión, que transporta las voces en el viento.

Miles de personas acuden cada año en peregrinación.

Es un tránsito de formas de una vida
a otra. Un concierto en el que
sólo cambia la orquesta.
Mas la música permanece, está ahí.

MARIANGELA GUALTIERI

Despierta, cierzo;
acércate, ábrego;
soplad en mi jardín,
que exhale sus aromas.
Entre mi amado en su jardín
y coma sus frutos exquisitos.

Cantar de los Cantares 4, 16

Por eso, no entregues con prisas el amor.

Kojiki

Prólogo

Un remolino de aire azotó las plantas del inmenso jardín escarpado de Bell Gardia.

La mujer levantó instintivamente el codo para protegerse la cara, encorvó la espalda. Aunque al instante volvió en sí, se puso derecha.

Había llegado antes del alba, había visto cómo empezaba a clarear aunque el sol permanecía oculto. Había descargado del coche los voluminosos sacos: el rollo de cincuenta metros de plástico grueso, la cinta aislante, diez cajas de tornillos de gancho para clavar en el suelo y un martillo con empuñadura de mujer.

En Conan, el enorme almacén de ferretería, un vendedor le había pedido que por favor le mostrara la mano; era para medirle la palma, pero ella se había sobresaltado.

Se había acercado rauda hasta la cabina telefónica, le había parecido fragilísima, de algodón de azúcar y merengue, como si la hubieran probado una cantidad incalculable de dedos. El viento arreciaba, no había tiempo que perder.

Se habían pasado dos buenas horas trabajando sin pausa en la colina de Ōtsuchi; ella, envolviendo con lonas la cabina, el banco, el cartel de entrada y el pequeño arco que anunciaba el sendero, y el viento, que no había parado de embestirla.

A veces, inconscientemente, se fundía consigo misma en un abrazo, como llevaba años haciendo cuando la emoción la desbordaba, pero luego siempre volvía a ponerse de pie, estiraba la espalda y se plantaba desafiante frente al cúmulo de nubes que ya cubría completamente la colina.

Sólo al final, cuando casi creyó notar en la boca el sabor del mar, como si el aire hubiera subido y hubiese invertido el mundo, se había detenido. Con las suelas ya llenas de tierra, se había sentado exhausta en el banco, envuelto como un gusano de seda.

Si el mundo caía, se dijo, ella caería con él; pero si existía al menos una posibilidad de mantenerlo en pie, aunque fuera en un equilibrio precario, emplearía hasta la última pizca de energía que le quedara para evitarlo.

A sus pies, la ciudad seguía durmiendo. Alguna que otra lamparita encendida coloreaba las ventanas, pero el ciclón era inminente y la mayoría había cerrado los postigos y protegido las persianas con listones de madera. Algunos habían colocado sacos de arena delante de las puertas, para evitar que la furia del viento las derribara e inundara las habitaciones.

Sin embargo, Yuri parecía indiferente a la lluvia, a aquel cielo bajo que le llegaba hasta los zapatos. Observó su obra: las velas de plástico y cinta adhesiva con las que había vendado y sujetado la cabina, el banco de madera, las losas en fila india del sendero, el arco de entrada y el cartel donde se leía TELÉFONO DEL VIENTO.

Todo estaba cubierto de tierra y de gotas. Si el ciclón también derribaba o arrancaba algo, ella se quedaría allí, dispuesta a ponerse de nuevo manos a la obra.

Ni siquiera se le pasó por la cabeza lo más elemental, es decir, que la fragilidad no residía tanto en las cosas como en la carne, que los objetos materiales pueden repararse y sustituirse, pero el cuerpo no se repara; que sí, que a lo mejor sea más fuerte que el alma —que cuando se parte, se parte para siempre—, sin embargo que lo es menos que la madera, que el plomo o que el hierro. Ni por un instante advirtió el peligro que corría su persona.

—Ya estamos en septiembre —susurró Yui, mientras contemplaba el negro del cielo que se aproximaba desde oriente. *Nagatsuki* 長月, el «mes de las noches largas», como rezaba el nombre que le habían atribuido en la antigüedad.

Y aun así recordaba haber repetido aquella fórmula todos los meses, adaptándola a noviembre, a diciembre... «Ya es abril», había dicho, y después «ya es mayo», y así sucesivamente, en el recuento detallado de los días que había iniciado el 11 de marzo de 2011.

Cada semana había sido un esfuerzo; cada mes, nada más que tiempo acumulado en el desván, para poder utilizarlo en un futuro que quién sabía si finalmente llegaría.

Yui tenía el pelo largo y negrísimo, pero con las puntas rubias, como una raíz que creciera en lo más hondo de la tierra para alcanzar la superficie. No se lo había vuelto a teñir desde que a su madre y a su hija se las había tragado aquella catástrofe del mar. En cambio, se había ido cortando las puntas a medida que le crecía el pelo, y al final le había quedado así, como un halo. El color del pelo, la diferencia entre el rubio de antaño y el negro original, había acabado relatando la duración del luto. Se había convertido en una especie de calendario de adviento.

Si había sobrevivido, se lo debía sobre todo a aquel jardín, a la cabina blanca con la puerta plegable y al teléfono negro apoyado en la repisa al lado del cuaderno. Los dedos marcaban un número al azar, la mano llevaba el auricular al oído y la voz penetraba en su interior. A veces lloraba, otras, en cambio, reía, porque la vida puede tener gracia hasta cuando ocurre una tragedia.

Y ahora ya tenía el ciclón casi encima, Yui lo oía llegar.

En aquella zona eran habituales los huracanes, especialmente en verano. Revolvían el paisaje, volcaban los tejados y esparcían sus tejas por el suelo como semillas, y cada vez Suzuki-san, el guardián de Bell Gardia, protegía el jardín con el mismo primor y cariño de siempre.

Sin embargo, en esta ocasión se presagiaba que el ciclón sería tremendo y Suzuki-san no estaría allí. El rumor de que había enfermado se había extendido rápidamente. La gravedad de la enfermedad no estaba clara, pero se sabía que lo habían ingresado en el hospital para hacerle pruebas.

Si él no defendía aquel lugar, entonces ¿quién iba a hacerlo?

A Yui el ciclón se le antojaba un niño que, con mirada perversa, se disponía a derramar un cubo de agua sobre el castillo de arena de otro niño, uno menos espabilado, más ingenuo; lo observaba de lejos, desde detrás de una roca, listo para el ataque.

La posición de las nubes cambiaba continuamente, allá en lo alto todo corría a gran velocidad, y la luz parecía desplazarse rauda hacia occidente. Minuto a minuto descendía un poco más hacia ella, bajaba como una mano sobre la frente de la colina, para palpar si de verdad estaba caliente o fingía.

Cuando el grito del viento se derramó sobre el jardín, en medio de la furia todo pareció agazaparse. «No me hagas daño», pareció susurrar.

La melena de Yui se dividió, se infló como una medusa, se abrió en varios puntos y volvió a encresparse. Bastaba con mirar aquella cabeza de mujer para intuir la partitura del viento, el silbido siniestro que anticipaba el desorden de las plantas: de la *higan-bana* que crecía de un rojo escarlata, la flor del nirvana, la flor de los muertos; de la hortensia que se había marchitado hasta convertirse en un matojo; de la inflorescencia blanca de la *fusenkazura*, con sus frutos verdes que los niños hacían sonar como si fueran campanillas.

Aunque apenas le quedaban fuerzas para seguir en pie, sintió la necesidad de agacharse una vez más para asegurarse de que todo estuviera a salvo. A ratos arrastrándose por el suelo, a ratos dejando caer su peso contra aquella masa de aire, alargó el pie sobre la última losa del sendero.

Pasó revista nuevamente a los ganchos con los que había sujetado las lonas de la cabina. Se sumergía en el viento a braza, como si nadara.

Una de las losas del sendero crujió, y a Yui le vinieron a la cabeza las palabras de su hija, que llamaba «galletas» a los bloques de piedra que cubrían el reguero de agua que corría cerca de casa.

Sonrió, agradecida por haber recuperado aquel recuerdo.

· · ·

De niños, la felicidad se percibe como una cosa. Un tren de juguete que asoma de una cesta, el envoltorio de una porción de tarta. O, quizá, hasta una fotografía que los retrata en el centro del escenario, donde sólo hay ojos para ellos.

De adultos, todo se vuelve más complicado. La felicidad es el éxito, el trabajo, un hombre o una mujer, todo cosas imprecisas, trabajosas. Cuando la tenemos, y también cuando no la tenemos, se convierte sobre todo en eso, en una palabra.

«Eso es», pensó entonces Yui. La niñez enseñaba algo distinto: que para conseguirla bastaba con alargar la mano en la dirección correcta.

Bajo el lodo grisáceo del cielo, una mujer de unos treinta años permanecía erguida, pese a todo. Cavilaba sobre cómo de práctica podía ser la felicidad, se perdía en aquel pensamiento como en otra época se perdía en los libros, en las historias de los demás que desde niña le parecían, todas, sin excepción, más bonitas que la suya. Es más, se preguntó si no sería ése el motivo por el que había elegido trabajar en la radio. Hasta tal punto la fascinaba escuchar las vidas de los otros, perderse en sus relatos.

Para Yui, desde hacía varios años, la felicidad nacía en aquel objeto negro y pesado que recitaba en círculo los números del 1 al 0. Con el auricular pegado a la oreja, se perdía en las vistas del jardín, en aquella colina remota del nordeste de Japón. Desde el escote de pico del terreno se divisaba incluso el mar, se intuía el olor encrespado a sal. Allí, Yui soñaba con hablar con su hija, que se había quedado detenida en los tres años, y con su madre, que la había abrazado hasta el final.

20

Y cuando la felicidad se convierte en una cosa, cualquier otra que atente contra su seguridad es el enemigo. Aunque fuera algo impalpable como el viento, aunque fuese la lluvia que caía desde lo alto.

Aunque le costara su vida vacía, Yui jamás permitiría que nada malo le ocurriera a aquella *cosa* ni al lugar que le entregaba su voz.

PRIMERA PARTE

1

La primera vez que había oído hablar de aquel lugar fue en la radio.

Un oyente había intervenido al final del programa para contar qué lo hacía sentirse mejor después del fallecimiento de su mujer.

En la redacción, habían debatido largo y tendido antes de fijar el tema del programa. Todos conocían la historia de Yui, que contenía el abismo en su interior. Pero ella había insistido en que, pasara lo que pasase, contaba con una coraza. Precisamente por haber sufrido tanto, ya no había calamidad que la afectase.

—Después de un gran luto, ¿qué os ha ayudado a levantaros por la mañana y a acostaros por la noche? ¿Qué os permite estar bien cuando os sentís desconsolados?

En cualquier caso, el programa había resultado mucho menos lúgubre de lo previsto.

Una mujer de Aomori había contado que cuando estaba triste cocinaba: preparaba tartas dulces y saladas, *macarons*, confituras, viandas como croquetas o pescados a la brasa con azúcar y salsa de soja, verdura hervida para el *bentō*; hasta había comprado un congelador más para poder guardar la comida cuando le entraban ganas de cocinar. Por *Hina-matsuri*, la fiesta de las niñas del 3 de marzo, la fecha en la que tiempo ha lo celebraba su hija, se encargaba de descongelarlo sin falta. Estaba segura de que al mirar la exposición de muñecas en la sala de estar o las escalinatas con los distintos muñecos que simbolizaban la familia imperial, habría sentido la acuciante necesidad de pelar, cortar y guisar. Cocinar la hacía sentirse bien, dijo, la ayudaba a retomar el contacto con el mundo.

Una joven oficinista de Aichi llamó para contar que ella iba a las cafeterías a acariciar a los perros, los gatos y los hurones; sí, sobre todo a los hurones. Le bastaba con que le restregaran el hociquito contra las manos para recuperar la alegría de vivir. Un anciano, susurrando para que su mujer no lo oyera desde el dormitorio, confesó que jugaba al *pachinko*. A un *salaryman*, que había vivido la separación de su prometida como si fuera un luto, le había dado por tomar tazas de chocolate caliente y mordisquear *sembei*.

Todos sonrieron cuando un ama de casa de Tōkyō, una mujer de unos cincuenta años que había perdido a su mejor amiga en un accidente, contó que había empezado a estudiar francés y que con sólo modular la voz de una forma distinta, con aquella erre gutural y aquella compleja acentuación, experimentaba la ilusión de ser otra persona.

—Nunca aprenderé la lengua, soy una auténtica negada, pero si supierais lo bien que me siento al decir «*bonjouuuurrrrrrr...*».

La última llamada llegó de Iwate, de uno de los lugares que sufrieron la catástrofe en 2011. La responsable del programa lanzó una mirada elocuente al técnico de sonido, que se quedó observando a la locutora un buen rato para luego bajar la vista a la mesa de control, donde la posó hasta el final de la llamada.

Al igual que Yui, el oyente había perdido a su mujer en el tsunami; la casa fue arrancada por el agua, el cuerpo arrastrado entre los escombros: la habían clasificado como *yukue fumei*, en paradero desconocido; eran los desaparecidos. Ahora vivía en casa de su hijo, tierra adentro, donde el mar no era más que una idea.

—Y bueno —había empezado a decir la voz que, a intervalos precisos, aspiraba el humo de un cigarrillo—, allí está esa cabina telefónica en medio de un jardín, en lo alto de una colina aislada de todo lo demás. El teléfono no está conectado, pero las voces se las lleva el viento. Yo digo: «Hola, Yōko, ¿cómo estás?», y me parece volver a ser el mismo de antes, con mi mujer escuchándome desde la cocina, siempre atareada con el desayuno o con la cena, y conmigo refunfuñando porque el café me quema la lengua.

»Anoche le leí a mi nieto *Peter Pan*, el cuento del muchacho volador que pierde su sombra y de la niña que se la cose a la suela. Pues verán, creo que a los que vamos a esa colina también nos pasa eso: intentamos recuperar nuestra sombra para seguir llevándola detrás.

En la redacción todos enmudecieron, como si de repente un objeto extraño y enorme se hubiese precipitado entre ellos.

Ni Yui, que normalmente era muy hábil a la hora de cortar, con pocas y calibradas palabras, las intervenciones demasiado largas, fue incapaz de abrir la boca. Sólo cuando el hombre tosió y en realización atenuaron su voz, pareció que Yui despertaba del sueño. Presentó atropelladamente el tema musical, sorprendida por el título, una pura casualidad: Max Richter, «Mrs. Dalloway: In the Garden».

Aquella noche llegaron muchos más mensajes, y siguieron llegando incluso mientras Yui viajaba ya en el penúltimo tren a Shibuya y en el último a Kichijōji.

Cerró los ojos, pero el sueño no llegaba. Regresó una y otra vez a las palabras del oyente, como si volviera a recorrer de arriba abajo el mismo camino y cada vez prestara atención a nuevos detalles. Una señal de tráfico, un letrero, una vivienda. Se quedó dormida sólo cuando estuvo segura de haber memorizado el recorrido.

Al día siguiente, por primera vez desde que murieron su madre y su hija, Yui se pidió dos días libres.

Volvió a encender el motor del coche, echó gasolina y, con el navegador GPS encadenando toda una serie de imperativos, se puso en camino hacia el jardín de Suzuki-san.

Si no la felicidad, por lo menos el alivio estaba a punto de convertirse en algo físico.

2

Escaleta musical de aquella noche durante el programa de radio de Yui

Fakear, «Jonnhac Pt. 2»
Hans Zimmer, «Time»
Plaid, «Melifcr»
Agnes Obel, «Stone»
Sakamoto Kyū, «Ue wo muite arukō»
The Cinematic Orchestra, «Arrival of the Birds & Transformation»
Max Richter, «Mrs. Dalloway: In the Garden»
Vance Joy, «Call If You Need Me»

3

Mientras trasteaba con el navegador GPS, Yui se esforzó por no vomitar. Los primeros diez minutos, la vista del mar le causó ese efecto, le ocurría siempre. Era como si sólo con mirarlo se le metiera en la boca; es más, era como si alguien, con un embudo, la obligara a tragárselo a la fuerza. Se llevaba entonces cualquier cosa a la boca, una pastilla de chocolate, un caramelo. Al cabo de pocos minutos, el corazón se le acostumbraba y se le aplacaban los espasmos.

El mes justo después del tsunami, lo había pasado evacuada y realojada en una lona de dos metros por tres, en el gimnasio de una escuela de primaria, junto a ciento veinte personas más. Aun así, la soledad que había sentido en aquel lugar no volvería a experimentarla nunca más.

A pesar de la gran nevada, algo inaudito en marzo, salía del edificio cada vez que podía; se colaba por una grieta del muro que cercaba el patio de la escuela, se abrazaba a un árbol que le pareciera bien sujeto a la tierra y desde allí contemplaba el océano, que había vuelto a su sitio, el cráter de escombros que había dejado a su paso.

Había escrutado el agua con concentración, no había mirado otra cosa durante semanas. Allí dentro, estaba convencida, se encontraba la respuesta.

Cada mañana y cada tarde se presentaba en el Centro de Información con la misma pregunta, dos nombres, las trencitas, la media melena canosa, el color de una falda, el lunar en la barriga.

Al regresar pasaba a toda prisa por los minúsculos baños de la escuela, normalmente usados por niños que tenían entre seis y once años. Recorría los pasillos revestidos de dibujos y manualidades de papel. Volvía a su cuadrado de vida, enmudecida por toda aquella absurdidad.

Algunos, entre las lonas extendidas sobre el suelo de linóleo, hablaban sin parar. Tenían que expresarlo con palabras para estar seguros de que había sucedido de verdad. Otros, en cambio, no decían nada, como si los aterrorizara leer la página siguiente, donde sabían que acaecería la tragedia: se convencían de que, si no pasaban esa página, lo que por lógica venía a continuación no sucedería. Había incluso quienes, aun sabiéndolo todo, ya no tenían nada que decir. La mayoría esperaba, y Yui era una de ellos.

En función de las noticias que recibían en el Centro de Información, entraban a formar parte de uno u otro grupo. A veces, algunos partían rumbo a otro refugio donde los esperaban esos mismos a quienes ellos también habían estado esperando.

Había centenares de historias asombrosas que contar. A toro pasado, ahora todo parecía una casualidad: «Si no hubiese tenido que guardar cama por estar enferma», «si aquel día hubiese girado a la derecha en vez de a la izquierda con el coche», «si no me hubiera bajado del coche», «si no hubiéramos vuelto a casa para almorzar».

Todos habían oído la voz de la joven funcionaria que desde el altavoz del ayuntamiento, a cien metros del mar, no había parado ni un momento de repetir el aviso del tsunami que estaba a punto de llegar, de la necesidad de huir corriendo a las montañas, a los pisos más altos de los edificios de cemento armado. Todos sabían que ni siquiera ella se había salvado.

La gente hacía cola durante horas para recargar los móviles, cuyas imágenes reproducían el disparatado espectáculo de individuos agarrados a los tejados, de coches arrollados por el mar, de casas que después de una tenaz resistencia perseguían a las personas como en el desagüe de un lavabo.

Y luego el fuego, que nadie habría imaginado que podía ser más fuerte que el agua: de pequeño te enseñan que las tijeras ganan al papel, y el papel a la piedra; que el agua le gana siempre al fuego, porque lo apaga y te salvas. Nadie, en aquella tranquilizadora idea infantil, recordaba que el tiempo lo decide todo y que el humo llena los pulmones como si fuera una cosa. Que en un tsunami también se muere así, sin necesidad de tocar el agua.

Desde la colina que rodeaba la localidad y en la que, en cuanto acabaron los violentísimos temblores, se refugió aquel día, Yui vio avanzar al océano. Le pareció lentísimo pero convincente, casi como si no pudiera hacer otra cosa. Porque ¿qué otra cosa podría hacer el mar, sino avanzar?

Estaba lejos de casa, y su madre, en el mensaje que le había enviado para decirle que ella y su hija estaban cerca del refugio de la zona, la había tranquilizado tanto que había seguido a la gente, había sostenido a una anciana a la que le costaba caminar, había hecho todo lo que estaba en su mano, convencida de ser en el fondo una superviviente. Por un instante se había llegado a sentir culpable de su propia suerte.

En cuanto llegaron al descampado de la montaña, todos se asomaron, como desde el gallinero de un teatro. Sostenían los móviles en la mano, animados por una confianza desproporcionada en la tecnología. Todos parecían haberse vuelto niños, esa edad en la que no existe frontera entre la excitación y el miedo. Sin embargo, cuando el mar embistió la tierra, y no se detuvo hasta llegar a los pies de la montaña, no hubo más que silencio.

Para Yui, aquella escena fue tan surrealista que durante mucho tiempo no estuvo segura de qué era lo que había presenciado exactamente.

El tsunami alcanzó una altura muy superior a los cálculos previstos, tanto que algunos *refugios* se convirtieron en una mala fórmula, una palabra errónea, como una definición imprecisa que crea una correspondencia sólida entre dos cosas que, sin embargo, no se asemejan en nada. Eso era lo que les había ocurrido a su hija y a su madre, que habían encontrado la muerte en el refugio.

Durante un mes había esperado en aquella lona de dos metros por tres, y llegó un momento en que no supo bien qué era lo que esperaba. Los pocos objetos que había cogido en el momento del terremoto la encerraban en un círculo. Se les sumaron botellines de agua, toallas, envases de *rāmen* instantáneo, *onigiri*, barritas y bebidas energéticas, compresas. Rodeada de cosas cada vez más viejas, aguardaba a que aquello acabara.

Luego, finalmente, hallaron los cuerpos y Yui dejó de mirar el mar.

4

El desastre de Tōhoku según los datos publicados en el sitio web Hinansyameibo.katata.info, actualizados a 10 de enero de 2019

Muertos contabilizados: 15.897
Desaparecidos: 2.534
Evacuados: 53.709
Muertes relacionadas con el desastre: 3.701

5

Yui recorrió en coche las calles grises de Ōtsuchi, la tierra vaciada de gente. Había sido una de las zonas más afectadas por el desastre de marzo de 2011; una décima parte de su población había sido engullida por el mar o había ardido en los incendios que se prolongaron durante días.

Descarnada por el tsunami, ahora se presentaba como una enorme extensión sin asfaltar en la que se alternaban unas pocas construcciones básicas, grúas y máquinas cuya finalidad le habría costado adivinar.

Le vino a la memoria un lugar vastísimo y semivacío, como uno de aquellos cementerios budistas que aparecían de repente entre las montañas.

El viento, que soplaba de forma incesante, zarandeaba las banderolas verticales que señalizaban las obras, con el nombre de las empresas constructoras que trabajaban sobre el terreno.

A la altura de Niiji-itakaigan, mientras conducía recorriendo el camino que se bifurcaba y luego se estrechaba siguiendo la ensenada natural de la región, la asaltó una duda. ¿Y si el hombre de la radio hubiera mentido? No respecto a la existencia del lugar, que efectivamente había encontrado en el mapa junto a un número de teléfono y otro de fax, sino en cuanto al hecho de que lo que le había funcionado a él tal vez no le funcionara a ella.

Una cabina telefónica y un jardín, un teléfono desconectado para hablar con nuestros difuntos. ¿De verdad lograba consolar algo así? Y además, ¿qué le iba a decir a su madre, qué podría decirle a su niña? Sintió vértigo sólo de pensarlo.

El navegador seguía dándole órdenes contradictorias, estaba ya tan cerca que se negaba a procurarle más explicaciones. Apagó el motor, paró el vehículo.

¿Y si resultaba que Bell Gardia estaba tan lleno de gente que había que hacer cola para entrar? Por otra parte, ¿quién no tiene muertos con los que querría comunicarse? ¿Quién no tiene al menos una cuenta pendiente con el más allá?

Yui se imaginó una de aquellas descomunales piscinas chinas en las que no se veía nada más que carne, gorros de colores y flotadores inflados. Donde todos querían entrar y nadie podía nadar. El agua, debajo, era sólo una idea.

Estaba convencida de que, con toda esa gente fuera esperando, jamás lograría hablar.

Como en los servicios del colegio. ¿Has acabado ya? ¿Cuánto te falta?

Rebuscó en la bolsa de plástico tirada en el asiento del copiloto. Le quitó el envoltorio a uno de los *onigiri* que, con el chocolate y el café en lata, había comprado antes de salir de Tōkyō. Masticando, se puso a examinar el paisaje.

Era una anónima aldea de provincias: edificios exiguos, chalecitos de dos plantas con el típico tejado azul y amplios jardines con cobertizos, campos cultivados, algún que otro gallinero. A la derecha, el mar, la suave curva de una colina que descendía. Detrás, inquebrantable, la montaña.

Inmersa en aquel paisaje, se relajó. No había ni tráfico ni tiendas. El temor de una multitud agolpándose delante de la cabina era infundado.

Luego, tras varias horas de nubes y lluvia, el cielo dejó caer un cúmulo de luz, toda a la vez. Yui se fijó entonces en un jardín en el que había filas de caquis secándose, colgados bajo un alero. Por el espejo retrovisor vio a un hombre salir de la casa y encaramarse a una escalera de mano apoyada en un árbol lleno de ramas. Empuñaba unas tijeras, se preparaba para podarlo.

Pensó en pedirle indicaciones para llegar a la casa de Suzuki-san, al Teléfono del Viento, sí, Bell Gardia, ¿lo conoce? Aun así, vaciló al suponer que con aquella petición le revelaría claramente su duelo al desconocido. Detestaba el cambio de actitud que aquello provocaba en las personas, la piedad que la hacía sonreír nerviosa o adoptar una pose afectada.

Pero entonces por la ventanilla de al lado vislumbró la figura de un hombre de rostro joven aunque de pelo ya canoso, y Yui supo que él era igual que ella. Un superviviente.

No habría sabido cómo explicarlo, pero en su rostro veía un minúsculo rincón oscuro, el mismo con el que cargaba Yui; dónde, no lo sabía. Era un espacio en el que los supervivientes renunciaban a toda emoción, también a la alegría, con tal de no tener que sufrir el dolor de los demás.

El hombre sostenía en las manos un mapa, llevaba el gorro bien calado en la cabeza, el mapa desplegado le sacudía el pecho. Miraba a su alrededor, buscaba.

Durante los próximos años, Yui aprendería a conocerlo bien, escudriñaría su espalda encorvada sobre el Teléfono del Viento, el auricular apretado sobre la oreja, el cuerpo recortado por los cuadraditos de la cabina.

Él siempre llevaría consigo, en la mano para que no se estropearan, la bolsita con los dos *special éclairs* de nata y plátano, los que le encantaban a su mujer y que, como una nueva costumbre, ellos dos, Yui y Fujita-san, se comerían sentados en el banco de Bell Gardia.

Con el corazón más liberado, mirarían también el mar porque, a pesar de que Yui se hubiera mudado a Tōkyō y desde entonces se hubiera mantenido alejada de él, después de un año y medio de lejanía, volvería a sentir nostalgia. Eran muchos quienes decían aquello sobre el mar: primero se odiaba y luego se volvía a amar, con el mismo sentimiento desgarrador que se destina a los hijos asesinos a los que, a pesar de todo, jamás se logrará repudiar.

—Aunque pase el tiempo, el recuerdo de la persona amada no envejece. Sólo envejecemos nosotros —diría a menudo aquel hombre que ahora desplegaba de nuevo el mapa mientras el viento lo despeinaba.

Cuando se bajó del coche, Yui notó el aire lleno de sal. El mar estaba delante, cierto, pero la intensidad del bloqueo la desconcertó. Giró la llave deprisa, para que no le diera tiempo a pensar más.

Fue al encuentro del hombre que acababa de cruzar la calle y ahora se preparaba para emprender una leve pendiente. Dejaba el mar atrás, miraba hacia arriba.

Yui sintió el viento detrás, como un empujón. Parecía de verdad una mano apoyada en la espalda, unos golpecitos que también la conducían a ella por el sendero que ascendía con suavidad hacia Kujira-yama, la montaña de la Ballena.

—¡Disculpe! —exclamó, apresurando el paso en dirección al hombre. La voz sonó poco clara. Lo dijo de nuevo—: *Sumimasen.* —Y esta vez las palabras se aferraron al viento y llegaron hasta él.

El hombre se dio la vuelta, con el plano arrugado sobre el pecho.

Sonrió. Con una mirada entendió que ella era como él, que estaban allí por el mismo motivo.

6

Otras frases que Fujita-san diría a menudo

«Dormir lo cura todo.»

«Para conocerse a uno mismo hay que conocer a los demás.» (Citando a Miyamoto Musashi.)

«A la hora de salir, uno nunca encuentra las llaves.»

«El capuchino con un poco de canela espolvoreada por encima está infinitamente más bueno.»

«Un conocimiento superficial es más dañino que la ignorancia.» (Citando de nuevo a Miyamoto Musashi.)

Nota: *El libro de los cinco anillos* de Miyamoto Musashi era, junto a *El príncipe* de Nicolás Maquiavelo, el libro favorito de Fujita-san.

7

Durante alrededor de un año, Yui tuvo un sueño recurrente. Soñó todas las noches que concebía de nuevo a su hija.

Algo le decía que si la niña ya había salido de su vientre una vez, podría volver a hacerlo todo desde el principio, repetir cada gesto del procedimiento para que ella regresara.

Durante aquel primer año de luto, la racionalidad se quedó siempre apartada en un rinconcito del sueño, observándola en silencio; como si no se sintiera con derecho a intervenir. Y, sin embargo, en cuanto Yui se despertaba, esa misma racionalidad salía de su rincón, se ponía de pie y le susurraba que era una fantasía y que no le quedaba otra que ser fuerte y seguir adelante.

Aunque se quedara embarazada otra vez, y aunque por absurdo que pareciese fuera del mismo hombre, la niña con la cicatriz en medio de la frente y las pecas en la nariz y las mejillas no regresaría. Ni siquiera renunciando a la nariz recta y puntiaguda, o al grito agudísimo con el que reclamaba toda su atención, no había nada que hacer, tampoco regresaría.

Fujita-san, que ahora estaba frente a ella y sonreía avergonzado confesando que no, que no tenía la más remota idea de dónde estaba aquel lugar pero que sin duda debía de estar cerca, bueno, pues Fujita-san también llevaba meses viendo cada noche lo mismo.

En sueños le daba consejos a su hija, que tenía tres años y que estaba viva, pero que se había quedado muda. Muda desde el día que perdió a su madre. Le daba todas las indicaciones que se le venían a la cabeza. Le cogía las manitas y, acariciándolas sin parar entre las palmas, le enseñaba la forma correcta de hacer las cosas: «No se pincha la comida con los palillos, se cogen así; tápate la boca con la mano cuando bosteces, y di *itadakimasu* antes de comer, sí, inclina un poco la cabeza, así, lávate siempre las manos al volver a casa y, sobre todo, sonríe con el corazón y no sólo con los labios.»

La educación, la educación es muy importante, repetía su mujer cuando aún vivía; y él también lo creía, y lo creyó todavía más cuando ella falleció.

Confiaba de una forma desmesurada en todas aquellas palabras, en aquellas órdenes que le inundaban la cabeza y que se repetirían toda la vida, aquellas frases tajantes que sonaban con el timbre de la voz materna, paterna, y que con el tiempo irían asumiendo poco a poco el timbre de la suya.

—Eran cosas que mi mujer le decía a la niña. Las oía todos los días, pero yo nunca las pronuncié. Dejaba que las dijera ella, tal vez porque en el fondo creía que mi papel siempre habría sido marginal. Y ahora, en cambio, observo a las madres por la calle, en los parques, en el supermercado, con la esperanza de robarles sus secretos: querría entender qué es lo que hay que hacer para convencer a los niños de que hablen, para que se sientan felices por estar en el mundo.

—¡Ah, pero es que eso no lo sabe nadie! —respondería enseguida Yui aquella tarde, volviéndose instintivamente hacia Fujita-san.

Pasarían la tarde deambulando con tranquilidad por Kujira-yama, picarían algo de comer en el único restaurante de la zona y Yui lo acercaría en coche hasta la estación. Se quedarían en el vehículo una media hora mientras el atardecer encendía y luego apagaba las luces sobre todas las cosas. Permanecerían en silencio al atravesar la total oscuridad de la bahía de Ōtsuchi.

Sin embargo, fue al pronunciar aquel «pero es que eso no lo sabe nadie» cuando Yui se echaría a reír por la incomodidad que se dibujó en el rostro de Fujita-san. Justo después, sería ella quien se sorprendiera.

No fue por la ingenuidad del hombre. Yui no sabía nada de padres, ni como hija ni como esposa. Solamente intuía que había ciertas cosas complejas, como la felicidad, que más que con palabras se podían enseñar con el ejemplo, y que, sobre todo, la alegría de vivir había que poseerla en abundancia para poder entregársela a otro.

No, la razón por la que Yui se quedó ensimismada, y luego asombrada, fue en realidad por aquel sonido que forcejeaba en su propia garganta: reía, se estaba riendo.

Ni siquiera se acordaba de la última vez que había soltado una carcajada, que se había sentido tan ligera como para permitirse aquel grado de distracción.

Si alguien que la amase la hubiera oído, probablemente se habría emocionado.

—¿Ah, no? —Fujita-san también se echó a reír.

8

Cómo hacer que los niños se sientan felices por estar en el mundo

Según la señora Kuroda, mamá de Sakura (dos años), con quien Fujita-san se encontró en el supermercado Kēio de Kichijōji: «Elogiarlos el mismo número de veces (más una) que se los regaña, preparar tortitas juntos el sábado por la mañana, mirarlos cuando te dicen "mira".»

Según la señora Anzai, mamá de Tao-kun (tres años y cinco meses), durante una conversación con otra madre en el parque Inokashira: «Llevarlos a correr al parque todos los días, abrazarlos fuerte cuando patalean, no ir con ellos a las jugueterías para no tener que decirles que no.»

Según el doctor Imai, padre de Kōsuke (siete años) y colega de Fujita-san: «Leer juntos libros de dinosaurios, llevarlos al acuario a ver los peces, responder a todas sus preguntas, hasta a las embarazosas.»

9

—¿Bell Gardia? —preguntó a los forasteros una anciana
con la espalda encorvada y un delantal con grandes bolsillos cosidos a los lados. Junto a ella había un perro negro que masticaba algo, feliz; el pesado tronco, inclinado de lado en posición sentada, descansaba sobre dos
finas patitas—. ¿Es ahí adonde van?

—Sí, eso es. ¿Queda cerca?

En el último tramo del camino, el más emocional,
intercedió la presencia de la viejecita. Debía de tener más
de ochenta años y caminaba con una mano apoyada en
la espalda torcida; la otra le colgaba a un costado.

Se ofreció a acompañarlos hasta la entrada de la casa
de Suzuki-san, el guardián de Bell Gardia.

—Vengan —les dijo con una sonrisa bondadosa, y
dio la impresión de que los conducía hasta la habitación
más apartada de su casa.

Era oriunda de Kyūshū, aunque a esas alturas poco
importaba dónde hubiera nacido, puesto que toda su vida
la había pasado allí. Se había mudado junto a su marido
justo después de la boda; él era pescador, les contó. Le
había dicho que aquél era el lugar más bonito del mun-

do y ella lo había creído. Así que habían reformado su casa de la infancia e inaugurado las jornadas marcadas por el mar, partidas en dos entre el día y la noche, porque la nave del hombre zarpaba cuando todo estaba oscuro y regresaba después del alba.

Al principio, dijo, la impresionaron especialmente los mastodónticos cangrejos que su marido le traía como regalo del norte, adonde a veces iba, sus larguísimos brazos carmesí y oro. Le parecían unas criaturas espantosas, con aquellas extraordinarias pinzas.

—Y sin embargo su carne es exquisita, tienen que probarlos.

Volviéndose hacia el océano, Yui vio las cabezas rojas de las boyas que flotaban en el agua. Imaginó que la mujer alargaba la figura, se quitaba los años de encima como el polvo de una chaqueta y se apartaba las arrugas a los lados de la cara. La vio joven y erguida escrutando el océano en el umbral de la casa, con un perro distinto a los pies y un niño en brazos, y otro mayor pegado a las faldas del kimono, con el flequillo cortísimo, como estaba de moda en aquella época. Oteaba el horizonte con el ansia de los recién casados, buscaba la embarcación de su marido. Luego levantaba el brazo, «¡mirad!», exclamaba, y apuntaba con el índice a la manchita que se abría paso sobre la superficie del agua.

Tal vez fuera por aquella agradable intromisión, pero lo cierto era que Yui y Fujita-san llegaron desprevenidos a Bell Gardia. Habían concentrado toda su atención en la anciana y en su perro, de modo que el jardín se abrió ante ellos de golpe, como el telón de un teatro de calle.

Adiós, buena suerte, repitió con la mano levantada. Se quedaron mirándola un buen rato, inclinándose repetidas veces para darle las gracias. La mujer, mientras tanto, bajó la calle despacio, flanqueada por el viento, que pareció escoltarla hasta su casa.

En el colegio en el que la habían realojado durante semanas, entre las cajas de fruta, los envases de comida precocinada, la ropa y las mantas que confluían allí desde todo Japón, Yui había escrutado centenares de rostros, y había acabado borrándolos todos sin excepción. Sólo había uno que regresaba a visitarla a diario, en los momentos más impredecibles de la jornada.

Era un rostro de hombre y, junto a él, un objeto.

Debía de rondar los cincuenta años. De gran estatura, la boca boba, los ojos enormes y saltones, como de pez.

El hombre, cuyo nombre Yui no supo jamás, llevaba en la mano un marco del que no se separaba ni para dormir. A través de él miraba el cielo, el techo, cualquier cosa que hubiera en el gimnasio: las lonas, los montones de ropa, la gente. Observándolo con una curiosidad que jamás dedicó a los demás, Yui vio cómo el hombre ponía título a sus cuadros, y se convenció de que nadie más lo sabía. Con la mano que le quedaba libre parecía anotar algo cada vez que cambiaba de dirección y se detenía, solemne, para estudiar lo que estaba dentro del marco.

En la vida fuera de allí, los locos tal vez estuvieran más solos que el resto. Pero en aquel lugar los locos lo estaban menos. Lo que a los cuerdos los volvía locos de dolor, a los locos en cambio los liberaba un poco, los hacía sentirse menos distintos.

Yui se acabó quedando con la duda de si realmente era un evacuado. Más bien le daba la impresión de que el daño que había sufrido aquel hombre no era reciente sino antiguo, y que ninguna noticia que llegara a aquel lugar le habría afectado. Todos se pasaban al menos una vez al día por el Centro de Información para preguntar por sus familiares, él no; y nadie se acercó a hablar con él de otra cosa que no fueran los horarios de retirada de las comidas, los turnos para la ducha, las visitas médicas que les correspondían o los ejercicios para mejorar la circulación. Todos lloraban o se esforzaban por no hacerlo delante de los demás, él no. Sólo había ido para mezclarse con la gente, puede que hasta tuviera casa, pero sentía la necesidad de buscar consuelo.

También hay que decir que allí nadie dudaba del resto, nadie se atrevía. Se tenía mucho miedo de añadir más dolor a gente ya herida. No obstante, Yui estaba al quite: si alguien se hubiera acercado al hombre, si le hubieran pedido explicaciones por aquella cosa rectangular de plástico celeste con la que clasificaba la vida, habría intervenido. «Está jugando, le ha hecho una promesa a su nieto», habría contestado. Y si otro le hubiera preguntado de qué juego se trataba, si el susodicho nieto se encontraba bien, si estaba a salvo, entonces ella se habría callado, para que no se atrevieran a hacer más preguntas.

De todas formas, la verdad, o al menos lo que Yui supuso que era la verdad —es decir, que mirar el mundo desde dentro del marco simplemente tranquilizaba a aquel hombre, que visto así todo le parecía más fácil de afrontar—, no habría serenado al resto.

Era más fácil aceptar a los locos cuando no se estaba totalmente seguro de su locura.

Yui, de noche, tumbada en la lona del gimnasio, alternaba el rostro de su hija y el de su madre, los restos de la vida de antes y las visiones del mar con la imagen de aquel hombre torpe en su casa, probablemente llena de trastos.

En realidad, ni siquiera sabía por qué se había obsesionado tanto con él, pero la imagen le volvía constantemente. Insomne, Yui proyectaba en el altísimo techo del gimnasio la figura achaparrada y desproporcionada en el momento en que, por pura casualidad, encontraba una fotografía enmarcada, la cogía, aflojaba los cierres del reverso y arrancaba la instantánea que había dentro. Sobre todo el momento siguiente (en que el hombre se llevaba el marco a la altura de la cara, y la habitación, la calle, todas las cosas de las que el mundo rebosaba al otro lado de la ventana se le antojaban de repente atractivas y pacíficas), Yui lo rebobinaba decenas de veces. La serenaba profundamente imaginar aquella escena.

Y del mismo modo ahora, sentada en el banco de Bell Gardia, Yui observaba el perfil de Fujita-san y lo veía dividido en recuadros. Se debía sobre todo a los listones de madera de la cabina (dos verticales largos y cinco horizontales cortos) que sostenían unidas las láminas de vidrio. Dentro de cada recuadro había un pedazo de Fujita-san, un fragmento de brazo, una porción de pierna.

Apartó la mirada varias veces, por temor a resultar indiscreta.

En cualquier caso, Fujita-san no se dio cuenta. Siguió contándole a su mujer cómo estaba Hana: «Ha dejado de hablar, sí, pero yo tengo esperanzas, y también el pediatra.»

«Es cuestión de tiempo —dijo—, porque hasta los sentimientos de los niños pueden volverse sólidos y a menudo se les atascan en la garganta. Es mucho menos raro de lo que podría pensarse.»

«Mi madre está bien, es una abuela muy presente.»

Luego estaban las vecinas, las maestras de la guardería y sus amiguitos. Resumiendo: todos querían a Hana, se curaría. Estaría bien que lo lograra antes de empezar la primaria.

El recuadro en el que Yui veía la nuca de Fujita-san de repente se vació. El hombre se agachó, y acabó en el marco más bajo. Recogió la mochila que había dejado en el suelo y se dio la vuelta.

Estaba emocionado, pero sonreía. Como diciendo: «Todo va bien, está bien, estoy bien, lo conseguiremos.»

Tuvo que pasar un año desde aquel momento para que Yui le hablara a Fujita-san del hombre del marco. Le contaría cómo también ella había entrado en aquel rectángulo celeste y cómo aquel día había sentido que la veían, que la miraban de verdad, por primera vez en semanas.

No volvería a ocurrir nunca más: tres días después, en efecto, el hombre desapareció. Nadie dijo nada de él, y ella no hizo preguntas.

De quien no se sabe nada, no hay nada que decir.

De quien no se sabe nada, nada importa.

En aquel lugar de destierro, Yui descubrió que había aprendido otra cosa importante: que bastaba acallar a un hombre para eliminarlo para siempre. Por eso había que recordar las historias, hablar con las personas, hablar de las personas. Escuchar a las personas hablar de otras personas. Hasta conversar con los muertos, si era necesario.

10

El marco del hombre del marco

Medidas: 17,5 cm × 21,5 cm.
Color: azul celeste.
Adquirido en una tienda de todo a 100 yenes
el 6 de marzo de 2001.
Precio pagado: 105 yenes, IVA incluido.
Made in China

11

Aquel primer día Yui prefirió quedarse allí observando lo que sucedía.

El jardín murmuraba sin cesar, como si en aquel trozo de tierra confluyeran las voces de los pueblos cercanos.

Yui se preguntó si también vagarían por allí las conversaciones que la anciana que los había guiado hasta Bell Gardia mantenía con su viejo perro. Estaba segura de que en aquella relación de amor se contemplarían largas charlas sobre el mar y sobre los hijos que ahora vivían en ciudades lejanas.

Después de usar el Teléfono del Viento, Fujita-san había entrado en la casa del guardián y ahora exploraba la biblioteca que en el transcurso de los años habían creado en Bell Gardia con la ayuda de varias ONG. Indagaba en el calendario de las actividades que tenían lugar todos los meses.

El encuentro, en definitiva, había ido bastante bien y Suzuki-san los había acogido con gran cordialidad.

Una inclinación había convertido su sonrisa en una raya vertical mientras Fujita-san le tendía la tarjeta de visita. Yui, en cambio, se había limitado a presenciar el intercambio; prefería dejarse incluir dentro de la figura de su compañero de viaje, dar a entender que formaba parte de él. Fujita-san tal vez se percató de ello, pero en cualquier caso no hizo nada para puntualizar quién era o quién no era Yui.

Suzuki-san también la había mirado sin querer indagar, se había detenido un instante en la extraña melena de Yui, que en aquella época tenía dos tercios rubios y el resto era oscuro. Había repetido «bienvenidos» con calidez y los había invitado a entrar.

A Yui el jardín le pareció precioso, casi conmovedor. Preguntó si podía quedarse allí, sentarse unos minutos para contemplarlo a solas.

—Puede quedarse mucho más. Sólo tiene que venir un muchacho, más tarde, quizá dentro de media hora, aunque suele retrasarse. Basta con que le deje libre la cabina y el espacio de alrededor. Viene bastante a menudo, lo conozco, y no es nada tiquismiquis.

Yui asintió, impresionada por la familiaridad con la que hablaba del muchacho. Puede que un día también acabara hablando de ella así.

Siguió con la mirada a los dos hombres que cruzaban el umbral de la casa. El edificio se erigía suavemente a espaldas del jardín. Era blanco, con listones negros sobre los muros exteriores. Recordó haber visto algo parecido en un catálogo de fotografías sobre la Europa alemana.

Todos los años, miles de personas iban a Bell Gardia a derramar su voz.

Había muchas como ella, restos de aquel 11 de marzo de 2011, personas que acudían en su mayoría desde Ōtsuchi. Pero también había gente que había perdido a un pariente por una enfermedad, en un accidente de tráfico, ancianos que iban a hablar con sus padres, fallecidos durante la Segunda Guerra Mundial, padres de hijos que habían desaparecido del mapa.

—Una vez un hombre me dijo que la muerte es algo tan personal... —les había contado Suzuki-san—. De algún modo, nuestra vida tratamos de construirla idéntica a la de los demás. Pero la muerte no. Ante ella cada uno reacciona a su manera...

Mientras caminaba despacio, atenta a no pisar las plantas, Yui se preguntó si el hombre de quien hablaba no sería el mismo que había intervenido en la radio.

Notó con estupor cómo el viento en Bell Gardia no amainaba ni un instante, sino que más bien tomaba carrerilla y desordenaba el paisaje.

A Yui se le ocurrió entonces que el auricular, más que canalizar y conducir las voces hacia un único oído, tenía la misión de propagarlas por el aire. Se preguntó si aquellos muertos que se reclamaban en la vida de *aquí*, en la de *allá* no se pasearían cogidos de la mano, si no acabarían conociéndose entre ellos y dando vida a historias que los vivos ignoraban por completo.

De lo contrario, ¿cómo explicar aquella ligereza? La muerte, allí, parecía algo precioso.

Mientras deambulaba por el jardín, Yui imaginó a los espíritus de aquellas criaturas invocadas sentados a los pupitres del colegio, levantando la mano y haciendo amigos. Su hija tal vez habría jugado con la mujer de Fujita-san, habrían cantado juntas, se habrían creado un mundo en el que no sólo los supervivientes se cuidaban unos a otros, sino en el que también los difuntos se amaban y salían adelante, acumulaban años y luego morían. Tenía que existir una fecha de caducidad del alma, igual que existía del cuerpo.

Ese pensamiento la turbó, como si hubiera ocurrido algo fundamental mientras ella estaba distraída.

Sentada en un tronco cortado, Yui abrió la mano derecha sobre las rodillas, luego la izquierda. Primero miró una, luego la otra. Su niña seguiría caminando, ¿sostenida por la mano de otra persona?

Había transcurrido una media hora cuando Yui levantó la vista y vio a un joven vestido con un uniforme de instituto. Atravesaba con seguridad el jardín y giraba hacia la entrada de la cabina. Sus andares vacilantes, característicos de los chicos de su edad, la enternecieron. No debía de tener más de dieciséis o diecisiete años.

Con la bolsa de deporte con el escudo del instituto, que llevaba en bandolera, dio una fuerte sacudida al arco que había al principio del sendero. La campanilla tintineó.

Yui lo vio abrir la puerta y agarrar el auricular con seguridad.

Le dio la espalda, para no resultar entrometida. Sentada bajo un caqui, miró hacia arriba. Quedaba sólo algún que otro fruto, y las ramas se extendían en el aire, expandiéndose en todas las direcciones por encima de su cabeza.

Visto desde allí, el cielo parecía lleno de grietas.

12

Temas de conversación favoritos de la anciana de Kujira-yama y su perro

Lo romántico que era su marido de joven.

Aquella ocasión en que hicieron el amor en el invernadero de las orquídeas.

Su hija Marie, que vivía en Kōbe y se había casado con un ingeniero.

Las corbatas horrorosas que se ponía el marido de su hija Marie.

Namiki, su nieta de dos años y medio, que la saludaba calurosamente por Skype y luego se olvidaba de la pantalla encendida.

Lo deliciosos que eran los cangrejos de Hakodate, la nostalgia que sentía al comerlos.

Su hijo, que vivía en Alemania y que volvería en Nochevieja para presentarle a su futura esposa.

13

—Era tela de polémica, siempre tenía que poner algún pero —dijo el chico entre risas.

Cuando salió de la cabina se dirigió hacia Yui para indicarle que había acabado; desde la puerta de la casa, el guardián lo interceptó. El té estaba listo.

Se llamaba Keita, provenía de dos pueblos más allá. Iba andando, no en el autobús, que por desgracia salía exactamente a la misma hora que él del gimnasio, después del entrenamiento de *kendō*. Estaba en el último curso de bachillerato, había perdido a su madre por culpa de un tumor descubierto demasiado tarde.

—Mi madre se graduó en la Universidad de Tōkyō, en Tōdai. Estaba obsesionada con los estudios, tanto conmigo como con mi hermana.

—Su hermana pequeña, tiene catorce años —puntualizó Suzuki-san.

—Siempre estábamos discutiendo con mi madre —continuó el chico—. Yo pensaba que estaba demasiado encima de mí.

—Nos pasa a todos —comentó Fujita-san entre risas—. Era lo mismo que le echaba en cara a mi padre, lo mismo que probablemente haré con mi hija.

—Me habría gustado ser más amable —prosiguió el chico—, pero es que no me salía. Ni siquiera al final lo conseguí, aunque entonces era distinto. Temía que si me volvía demasiado amable, ella pensara que yo había perdido la esperanza de que se curara.

Suzuki-san trajinaba detrás, en la cocina; a veces asentía, como si se supiera aquel discurso de memoria.

—Si estuviera aquí, me juego lo que sea a que empezaríamos a pelearnos otra vez.

El viento sacudió los cristales de la cocina, una hoja rojiza se estampó contra ellos. Sin embargo, el aire pareció soltar su presa, porque al instante cayó del otro lado del alféizar.

—Mi padre es de los que no te prohíben nada. Te dice: «Sopesa las cosas con calma y luego decide, confío en ti» —añadió el chico—. Pero soy yo el que no confía en mí.

—A tu edad todo es difícil —intervino Suzuki-san.

La lucidez de aquella conversación impresionó a Yui, que permaneció callada todo el tiempo. Siempre imaginaba a los adolescentes más incautos, menos profundos y, sobre todo, menos honestos al hablar de sí mismos. «Tal vez sea el dolor lo que hace más profunda la vida de la gente», pensó, y la idea no le gustó demasiado.

—Lo bueno es que ahora no me interrumpe cuando hablo —bromeó el chico.

—¿Lo saben, que vienes aquí? —preguntó Fujita-san. Jugueteaba con la taza, repiqueteaba con las uñas sobre la cerámica amarilla, un gesto que repetía cuando estaba distraído.

—Sólo lo sabe mi padre, porque cada vez que vengo siempre llego tarde para cenar, pero a mi hermana no se lo he contado.

Keita no lo confesó, pero era sobre todo porque quería ser él quien le contara a su madre las cosas de la familia, porque cuando estaba viva le hablaba menos que los demás.

—Gracias, Suzuki-san —atajó entonces el chico, levantándose bruscamente de la silla. Sacó una bolsa aplastada del bolso—: Son para usted y para su mujer. Se han aplastado un poco, lo siento.

Mientras el guardián cogía la bolsa llena de snacks, le daba las gracias, le decía que no cogiera frío («Ya está llegando el invierno») y lo exhortaba a esforzarse para los exámenes de admisión («¡Pero sin agobiarse demasiado!»), y mientras el estudiante, torpe y emocionado, prometía que volvería en cuanto pudiera y se inclinaba ante Suzuki-san y los desconocidos, Yui ya estaba lejos.

Lo vio cruzar la puerta con el bolso en bandolera, deformándole la figura, con todo aquel inmenso futuro que se les presuponía a los chicos de su edad; y al mismo tiempo pensaba que no hacía falta retener en la memoria la voz del muchacho: ya estaba allí, en el jardín de Bell Gardia, atada a la voz de muchísimos más. Probablemente siempre seguiría allí, acariciando la de su madre, hablándole de los exámenes y luego de las primeras clases en la universidad, de aquella chica que él quería pero que no le correspondía, de aquella otra que él en cambio había rechazado porque, sin saberlo, no se parecía lo bastante a ella; de su primer trabajo, de su boda, de lo complicado que era organizarla, de su primer hijo, de la alegría y al mismo tiempo de cómo sentía constantemente que no estaba a la altura cuando él lo llamaba «papá».

También aquella voz acabaría mezclándose con el murmullo de las demás. El mar las empujaría hasta la orilla de la ciudad, en la zona del puerto.

—¿Y luego?

Y luego se las tragarían los peces, como los anillos de los príncipes de los cuentos que Yui le leía por la noche a su hija antes de dormir.

—¿Y luego?

Y luego, un día, en las cocinas de un reino no muy lejano, alguien abriría la barriga de una caballa, o de un lucio, y esas palabras, con un soplo, aparecerían.

Yui recordó los «¿Y luego?, mamá, ¿y luego?» repetidos por su hija y el gesto de la niña que, ya en pijama y dentro del futón, se llevaba las manitas a la barriga. Yui leía el pasaje en voz alta y ella, puntualmente, exclamaba: «¡Pobrecito!».

Rescató su expresión seria, su preocupación sincera por el animal.

Por el vientre abierto del pez, desde el que, estaba escrito, saldría el destino de un rey o de una reina.

Cuando se quedaron solos, Yui salió de nuevo al jardín. Se despidió del guardián con pocas palabras y allí, frente al viento de un otoño muy tardío, esperó a Fujita-san. Irían a comer erizos de carne naranja, sopa de miso y arroz con un delicioso *furikake* casero, y mientras tanto se contarían sus respectivas vidas.

Las nubes en el horizonte parecían deshacerse, barridas por un viento de profundidad.

Fue una tarde serena, igual que la velada. De repente Yui se dio cuenta de que deseaba conocer a la hija de Fujita-san, mirarla a los ojos y decirle que podía estar orgullosa, que pocas niñas podían tener la certeza de que alguien las quería tanto. Sin embargo, si de verdad la hubiera conocido, no se lo habría dicho nunca. Yui sabía que el amor más fuerte es el que se da por descontado.

60

Descubrió también que el nombre de pila de Fujita-san era Takeshi y le gustó muchísimo la combinación de los sonidos. A partir de entonces, al rescatar el recuerdo, siempre lo llamaría así.

Se despidieron con un afecto que a ninguno de los dos le resultó excesivo. Ambos sintieron más bien que de algún modo se habían encontrado, como dos objetos que por casualidad se enganchan en el fondo de un bolso lleno de cosas.

Aquella noche Yui condujo hasta Tōkyō por una autopista despejada. Cuando entró en el barrio de Kichijō-ji y luego de Mitaka, ya era noche cerrada; el *konbini* que iluminaba un rectangulito de la calle, los tupidos cerezos del bulevar del ayuntamiento de Musashino-shi, el hogar de la tercera edad, el gimnasio: todo dormía, como bajo el encantamiento de un hada.

Por primera vez desde hacía dos años, al mirar en el espejo retrovisor donde cada día creía verla dormir en la sillita, Yui pensó que podría cantarle a su hija una nana, que podría volverse hacia la derecha, donde se sentaba su madre, y explicarle la extraña magia de aquella jornada que acababa de concluir.

Por primera vez desde el día del tsunami, aceptó dudar de la firmeza que se había autoimpuesto, de la decisión de dividir el mundo en dos, el de los vivos y el de los muertos.

«Puede que no haya nada de malo en hablar con quien ya no está», pensó.

Bastaba con aceptar que las manos no tocaran nada, que el esfuerzo de la memoria fuera suficiente para llenar las lagunas, que la alegría de amar se concentrara no en el recibir, sino sólo en el dar.

Aquella noche, envuelta en las mantas, abrió un libro de cuentos.

En voz alta leyó la historia del intrépido soldadito de plomo, del enorme pez que se lo tragó, del largo viaje que se lo devolvió a su bailarina que se sostenía sólo con un pie, y del fuego de la chimenea en el que acabaron los dos, corazoncito de plomo y estrellita negra como el carbón.

14

La llamada de Keita a su madre

—Hola, mamá. ¿Estás ahí? Soy Keita.

»Perdona si últimamente vengo menos.

»Estoy yendo al *juku* todas las tardes, el fin de semana tengo las clases de apoyo para pasar las pruebas de la Tōdai. No se acaban nunca.

»Dice papá que tú también lo decías, que las preguntas de opción múltiple son una idiotez. No tiene sentido que en la vida sólo haya cuatro opciones y que solamente una sea la verdadera.

»Oye, y ¿tú cómo estás? ¿Ahí también comes dulces a escondidas? (Entre risas.)

»Me da a mí que esto de la comida se lo has pegado a Naoko.

»Cuando hago la colada me encuentro envoltorios de caramelos y chocolatinas en los bolsillos, una vez hasta me encontré unos *pretzels* y un churro. Me parece que no es normal.

»Ah, Naoko está enamorada. No, no me preguntes de quién porque no lo sé.

»Pero vamos, que se le nota en la cara. Hasta está menos arisca que de costumbre.

»Bueno, me voy. Hay una señora dando vueltas por el jardín, a lo mejor está esperando para entrar.

»Adiós, volveré pronto, te lo prometo.

(Volviendo sobre sus pasos.)

»Ah, y por mí puedes comer todo lo que quieras.

15

Después de aquel primer día, Yui y Takeshi regresaron a menudo a Bell Gardia. Una vez al mes se plantaban allí.
Se daban cita en Shibuya, delante de Moyai. Les quedaba cerca a los dos y a Yui le encantaba pasar por allí antes del amanecer, cuando en aquel lugar, donde de día y de noche convergía todo el planeta, no había prácticamente nadie. Con las pantallas apagadas y los semáforos parpadeando, el paso de peatones en diagonal parecía un lugar abandonado, una carroza festiva apoyada en la esquina de una calle y con las luces ya apagadas.
El trayecto en coche hasta Iwate acabó resultándoles familiar, la salida a las cuatro de la mañana, la parada en el Lawson de Chiba, donde compraban el desayuno y la tableta de chocolate, de la que Yui rápidamente se llevaba a la boca algunos trozos en cuanto el océano aparecía ante ellos.
Así se enteró Takeshi de las náuseas, del mar.
Por su parte Yui descubrió que Takeshi, ese único día del mes, se negaba a llevarse el móvil. Dijo que el

viaje lo ayudaba físicamente, que necesitaba sentir la distancia del cuerpo. Con el móvil, en su opinión, corría el riesgo de retroceder en el tiempo, de enfrentarse constantemente al yo de siempre.

Por eso le dio el número de Yui a su madre, que cuidaba de su nieta cuando él no estaba. De ese modo, otra persona se enteraba de la existencia del Teléfono del Viento y de aquella mujer joven que conducía un domingo al mes hasta Kujira-yama.

Yui y Takeshi tan sólo se veían para ir juntos a Bell Gardia. Su primer lugar de encuentro parecía destinado a determinar de algún modo también la continuación de la historia; sin embargo, la distancia entre ambos seguía reduciéndose.

Empezaron a escribirse mensajes a diario.

La tarde en que Yui, buscando un par de guantes, se topó con un regalo envuelto para su hija, fue a Takeshi a quien llamó. La mudanza había sido precipitada; le daba la impresión de que todo lo que en aquellos días había introducido sin orden ni concierto en las grandes cajas de cartón le quemaba los dedos. En cuanto a la casa nueva, incluso después de dos años, ocultaba una espantosa cantidad de objetos que en su momento había adquirido para la niña, cosas que recordaba que le habían gustado de forma especial o que estaban de oferta y que, aunque fuera pronto para dárselas, había querido comprar de todas formas: vestiditos que había guardado porque bastaba con que creciera un poco para que ya se los pudiera poner; a veces encontraba hasta muñecos, álbumes ilustrados, falditas que, desordenada como era, simplemente se había olvidado de darle. Cuando se encontraba con aquellas cosas traicioneras delante, Yui sentía una punzada, la desgarradora sensación de haber privado a su hija de una pequeña ilusión.

Takeshi respondió al mensaje con dulzura, y lo mismo hizo las siguientes veces que ocurrió.

Es más, él le prometió que un día, cuando ella se sintiera preparada, se enfrentarían juntos a aquella casa, a sus armarios, a los muebles, a las cajas que seguían embaladas desde la mudanza y por las que Yui sentía auténtico terror.

Del mismo modo, fue a Yui a quien Takeshi escribió cuando le pareció reconocer a su mujer en una paciente que estaba de espaldas frente a una ventana o al ver su perfil angustiado en una mujer que se cruzó en su camino mientras iba corriendo al trabajo.

Fue a ella a quien le contó las preocupaciones de las maestras de la guardería, porque ni siquiera allí su hija abría la boca: dibujaba, sí, participaba, pero la voz brillaba por su ausencia. Nadie conocía ya el sonido de la voz de Hana y él mismo tenía a veces la impresión de haberlo olvidado. En esos momentos veía vídeos que tenía guardados en el ordenador: Hana cantando sintonías de dibujos animados, Hana balbuceando algunas palabras y entonando canciones tradicionales, Hana diciendo convencida disparates que sólo podían decirse a aquella edad.

Frente a la nostalgia por todo lo que había perdido y a la sensación de no estar a la altura de la prueba que la existencia le ponía por delante, le escribía a Yui que estaba «un poco triste», y ella lo entendía.

Sin darse cuenta, Yui y Takeshi acabaron pareciéndose.

Takeshi empezó a ver con ojos distintos los lugares de su propia casa, sobre todo aquellos donde escondía los objetos que no quería que Hana encontrara, cosas peligrosas, cosas apetitosas, cosas que la pequeña no había recogido y que por tanto habían desaparecido como castigo. Dejó de comprar regalos o vestidos con antelación. Cuando encontraba algo que creía que podría gustarle, se lo daba de inmediato.

Aprendió de Yui que «mañana», por principio, no es una cosa que exista.

Yui, por su parte, volvió a ir al hospital. Después de dos años en los que había esperado inconscientemente que cada resfriado se agravase hasta convertirse en una pulmonía, que un dolor de garganta mal curado le provocara tanto dolor que no lograra pensar en nada más, empezó a ocuparse de nuevo de su salud, comenzó a cuidarse con torpeza.

Y, además, cuando veía una escena que le hacía gracia o le inspiraba ternura —un perro que jugaba solo en el parque mientras su dueño dormitaba, un carrito de niños de la guardería que gritaban al paso de un tren— hacía brevísimas grabaciones, como *haikus* visuales que se guardaba para verlos más tarde de camino al trabajo, o quizá antes de dormir, en cualquier momento de la jornada que le pareciera complicado de gestionar. Siguiendo el ejemplo de Takeshi, acumuló una discreta colección de grabaciones: las horas oscuras las iluminaba así.

Y entonces llegaba la noche del sábado y a continuación la mañana de domingo en que irían juntos a Bell Gardia, la hora acordada en que Yui apretaba el claxon para advertir a Takeshi de su llegada, exactamente de la misma forma en que cuando era más joven avisaba a su madre para que no tardara en salir de casa. Y ahí estaba de nuevo aquel instante en el que Takeshi se levantaba del zócalo de Moyai para ir al encuentro de una mujer de la que quería saber más, todavía más, y se sentía feliz, íntimamente complacido por contemplar el rostro sonriente de Yui, sus ojos brillantes, la boca pequeña y carnosa, la nariz puntiaguda y aquel pelo bicolor que le caía sobre los hombros.

Es más, ambos empezaron a considerar el momento en que se encontraban no como la reunión de dos desconocidos en un punto del mundo para luego llegar a otro, sino más bien como un regreso.

Era él quien regresaba a ella. Era ella quien regresaba a él.

16

Objetos adquiridos para su hija (y jamás usados) encontrados en casa de Yui

Un chupete con bigote.
Un pantalón rosa con los bolsillos bordados de encaje.
Una trompeta de juguete de Anpanman.
Una taza de Minnie con el asa en forma de lazo.
Tres pasadores para el pelo adornados con diamantes falsos.
Un cedé de canciones de Navidad.
Una gasa de las que usaba para bañarla cuando era una recién nacida.
Un pelele para niños de tres meses.
Dos guantecitos con un estampado de flores.

17

De camino a Bell Gardia, rara vez escuchaban la radio, nunca la emisora de Yui. Los programas que ella presentaba, Takeshi intentaba escucharlos en directo y los grababa cuando estaba en quirófano u ocupado en alguna urgencia. Es más, por seguridad, empezó a grabarlos siempre, guardando así la voz de Yui en el disco duro.

Le gustaba el timbre firme con el que orquestaba las voces de los expertos, los periodistas, los científicos, y, por otro lado, también el tono delicado y tranquilizador con el que coordinaba a los oyentes que llamaban para intervenir en el programa desde los lugares más dispares de Japón. Le encantaba sobre todo el modo en que Yui lograba que se sintieran cómodas personas que no estaban acostumbradas a hablar en público.

Mientras viajaban con el mar a un lado y las montañas delante, casi siempre escuchaban música. A Yui le encantaba la bossa nova, la música nostálgica de una época que ella no había vivido, de una tierra que ni siquiera conocía, pero cuyas melodías la hacían llorar de lo hermosas que eran. Se había convencido de que la nostalgia no tenía nada que ver con la memoria; es más, que uno podía tener sentimientos intensos por cosas de las que no había tenido experiencia directa.

Takeshi, en cambio, había crecido con el rock japonés, escuchando los X Japan, los Luna Sea y Glay, y de vez en cuando le sugería a Yui temas más melódicos como «Forever Love» o «Yūwaku». Ella reía, tratando de conciliar la calma de la voz de Takeshi con aquellas músicas a menudo cantadas a voz en grito.

Los viajes en coche de Tōkyō a Ōtsuchi eran larguísimos. Y sin embargo tenían la duración justa para que su corazón fuera preparándose para cada encuentro con el jardín en la panza de Kujira-yama. Las horas interminables al volante, que se alternaban cuando Yui estaba agotada, las melodías de fondo, las conversaciones y los silencios que llenaban el vehículo, la respiración del uno y el otro, que por turnos se entregaban al sueño, parecían reforzar los nervios, los músculos de su corazón.

Los volvían más ágiles de cara a aquella enésima y milimétrica dilatación que les provocaba el viento de Bell Gardia. Kilómetro a kilómetro se aproximaban al Teléfono del Viento, a la vista del jardín, de las barcas, del mar en flor.

Sí, si Yui lo hubiera tenido que explicar con una imagen concreta, habría dicho que se parecía a las contracciones desgarradoras que precedían al parto, la maravilla de aquel proceso que Yui había experimentado cuando nació su hija: cerrar para abrir, contraer para luego estirar, apretar y aguantar para luego empujar y separar.

En fin, una paradoja total, como una de aquellas situaciones en las que suele decirse que para conseguir algo hay que renunciar a ello. Como el amor, el verdadero, como un hijo que no llega.

¿Lograrían aquel día hablar con sus seres queridos? ¿Sufriría Yui un poco menos ese mes al despertarse y encontrarse sola en casa? ¿Dejaría Takeshi de mirar fijamente el lado vacío de la cama, de vacilar delante de la puerta del baño al preguntarse cuánto tardaría aún su mujer, para luego susurrarle con dulzura «No hay prisa»?

18

Los temas favoritos de música brasileña de Yui, del pasado y del presente

«Águas de Março», de Elis Regina, en la versión original del disco *Elis* (1972).

«Desandou», de Caio Chagas Quintet, del disco *Comprei um Sofá* (2017).

19

—Yo me conformaría con que una vez, aunque sólo fuera una vez, él me tranquilizara diciéndome que está ahí y que me escucha. Que no está cabreado con nosotros.

Algo en aquella frase serena y resignada, después de otra retahíla de frases más bien feroces, se quebró. El hombre tragó aire apresuradamente, contuvo un sollozo, y luego prosiguió con las acusaciones y los insultos.

Lo habían conocido por la mañana, mientras subían hacia Bell Gardia, con el habitual *omiyage* para Suzuki-san y su mujer, y con idéntico apetito por los erizos y la sopa de miso del pequeño restaurante al que iban a comer todas las veces. Takeshi había llevado los dos *special éclairs* de nata y plátano que tanto le gustaban a su mujer, Yui guardaba el chocolate en la guantera.

En fin, todo según el ritual. Todo costumbre y regreso.

—Escribo por profesión; soy periodista. Y si algún día llego a escribir sobre esta triste historia, siempre que mi mujer me lo permita, la titularé «La edad a la que no se muere».

Estaban sentados en la salita enfrente de la biblioteca donde Suzuki-san había preparado un espacio informal donde charlar y tomar el té, dado que todavía no había abierto el café; lo haría en los próximos meses.

—Un título intenso —le comentó el guardián con amabilidad desde la cocinita que había junto a la sala.

—En mi opinión el único posible. Hablaré de la percepción del peligro que está ausente en los jóvenes, de cómo a una determinada edad no se dan cuenta de que hasta ellos son falibles, de que, si haces gilipolleces, tarde o temprano lo acabas pagando caro.

Era un hombre robusto, de vientre prominente y gafas con montura grande y cuadrada. Verborreico e impaciente, a menudo no le daba tiempo a recobrar el aliento y llegaba al final de la frase sin respirar. No obstante, tomaba aire rápidamente y volvía a empezar.

—¿Se acuerdan del vídeo de aquellos idiotas que se tiraron al río durante el ciclón del año pasado, en Hiroshima... esos tres que se subieron en calzoncillos a un bote inflable... a un bote inflable, sí, de esos que se usan de vacaciones en la playa, en esos que metes dentro a los niños pequeños y en un segundo ya se han hecho pipí?

Yui y Takeshi intercambiaron una mirada, no se acordaban de nada de aquello.

—No, claro que no, ¿por qué tendrían que haberlo visto? Era un espectáculo lamentable, ponía de los nervios con sólo imaginarlo, no digamos con verlo de cabo a rabo. En cualquier caso, uno de los tres idiotas era Kengō, mi hijo.

Al día siguiente, Yui y Takeshi buscarían en el teléfono móvil el fragmento del vídeo de la NHK en el que dos chavales, uno con el pelo descolorido y el otro negro azabache, iban en un bote inflable, en calzoncillos, riéndose a carcajadas del amigo que desde lo alto (¿desde la margen del río?, ¿desde un puente?) los regañaba. La grabación duraba pocos segundos porque de repente los arrastraba la corriente, salían del foco y ahí se interrumpía. El vídeo de la NHK que daba la noticia repetía la secuencia tres o cuatro veces, alternándola con panorámicas del río, de los daños provocados por el ciclón en las viviendas de la zona. La voz del periodista, así como los subtítulos, narraban los detalles del final: rastreando el fondo del río, después de cuatro horas de búsqueda (prolongada por las condiciones meteorológicas adversas), habían sumergido una telecámara submarina y al fin los habían localizado.

—Se habían quedado lacios como trapos —había comentado el hombre—. Los estaban mordisqueando los peces. Kengō tenía incluso un cangrejo entre el pelo.

Takeshi y Yui, que hasta aquel día sólo se habían escrito mensajes, por primera vez decidieron llamarse por teléfono. Los dos estaban muy alterados, pensando sobre todo en la cantidad de veces (¿decenas?, ¿centenares?) que el padre debía de haber reproducido la grabación, alternando la desesperación, el desconcierto, también la cólera y un esfuerzo sobrehumano para consolarse con la idea de que por lo menos el chico se hubiera divertido.

—Un capullo, un auténtico capullo. Pero... ¿cómo pensaría nadie que podría salir vivo de algo así? —prosiguió de nuevo el hombre.

A aceptar la muerte del hijo, añadió, les había ayudado el final del amigo, que se había ahogado igual que él, y el suicidio del tercero. No porque nunca les hubieran deseado ningún mal a los demás chicos, sino porque de ese modo las tres familias habían encontrado la forma de liberarse de la culpa por tal vez haberles dado una educación equivocada.

Ellos, que eran muy severos, habían extendido ante Kengō un camino repleto de noes. En cambio, los padres de Kōta, el amigo que también se había ahogado, habían sido permisivos con él, convencidos de que gracias a los síes el muchacho entendería exactamente lo que quería, sin tener que inventarse enemigos. Y luego estaba el tercero, Katsuhiro, con un carácter totalmente opuesto al de Kengō y al de Kōta, que no había soportado la vergüenza de seguir vivo, de no haber detenido a sus amigos, de haberlos incluso animado a arriesgarse más.

—El hecho de que murieran los tres, aunque fuera en momentos distintos, nos convenció de que daba igual cómo nos hubiéramos comportado nosotros, porque de todas formas la cosa habría acabado así; de que a veces, para irse al otro mundo, lo único que de verdad hace falta es ser gafe.

El hombre había repetido una frase, con desdén:

—Basta con una única bravuconada, sólo una, de esas que cuando se es joven todo el mundo hace, más grandes o más pequeñas...

Mala suerte, lo único que hacía falta era mucha mala suerte. Hasta él había sido idiota de joven. ¿Y ellos? Pues claro, hasta Yui y Takeshi habían cometido al menos una imprudencia de chavales, ¿no? Y les había salido bien, ¿verdad? Exacto, pues había sido suerte, pura suerte.

—Durante un tiempo me dio vergüenza contar la verdad. Aquí, a Bell Gardia, viene gente que llora por personas que han muerto a su pesar, que habrían hecho cualquier cosa por evitar una situación peligrosa. Pero el destino es así, y la vida es pura casualidad.

Habría tenido sentido que le dedicaran palabras de consuelo y alivio, pero aquel hombre no soportaba el silencio, y ni Suzuki-san ni Yui ni Takeshi llegaban a tiempo de formularlas.

—En ese auricular yo derramo todos estos discursos, bueno, en realidad muchos más —continuó enseguida—. No creáis que me corto. Se lo digo, que ha sido un idiota. Yo hablo y hablo, pero del otro lado no me llega nada, sólo el silencio. Sin embargo, luego, por la noche, y sé que parece absurdo, sueño con él, y él me responde punto por punto. Parecen los chistes de un guión cortado por la mitad.

Yui creyó al hombre; recordó el sueño que se le había repetido durante un año entero, en el que volvía a concebir a su hija. A Takeshi se le vinieron a la memoria las lecciones que impartía a Hana en sueños, y a él tampoco le costó creerlo.

—Es ilógico, lo sé, no he recordado ni un sueño en toda mi vida, pero ahora con mi hijo dialogo así, en sueños; no, «dialogar» no es la palabra exacta. Cada uno dice lo que le parece, por turnos, así no discutimos, y nos da tiempo a pensar lo que nos diremos la próxima vez.

Suzuki-san se secó las manos detrás de la barra. Llevó la jarra de agua caliente a la mesa, dijo que dialogar era algo hermosísimo, se hiciera de la forma que se hiciese.

—Hoy, por ejemplo, le he contado que su madre ha encontrado un cuaderno de dibujo de cuando estaba en primaria. —Sacó el móvil del bolso, buscó la fotografía.

Kengō niño estaba en el centro, extendía los brazos hasta el límite del folio. Y dentro de aquel abrazo extraordinario, dijo el hombre, entraban todos, hasta la casa y hasta el mundo, que había dibujado más pequeño que su propia cara, de color azul.

Su mujer había colgado el dibujo en la cocina, en un lugar donde podía contemplarlo mientras preparaba la cena, y donde él, al pasar por delante, se enternecía. Cada vez que lo miraba, dijo, se redescubría como padre.

—Uno sigue siendo padre hasta cuando los hijos ya no están.

20

Dos cosas que Yui acabó descubriendo al día siguiente mientras buscaba en Google la palabra «abrazo»

En un estudio del Instituto Internacional de Investigación Avanzada en Telecomunicaciones de Kyōto (ATR), se pidió a un número no precisado de personas que mantuvieran breves conversaciones de quince minutos con su pareja; al finalizar el encuentro algunas de las personas recibieron un abrazo, otras no. La investigación puso de manifiesto que se producía un descenso significativo del nivel de cortisol (la hormona del estrés) en la sangre en aquellos sujetos que habían recibido un abrazo.

Una famosa cita de la psicoterapeuta estadounidense Virginia Satir (1916-1988) dice así: «*We need four hugs a day for survival. We need eight hugs a day for maintenance. And we need twelve hugs a day for growth.*»[1]

---

1. «Necesitamos cuatro abrazos al día para sobrevivir. Necesitamos ocho abrazos al día para estar bien. Y necesitamos doce abrazos al día para crecer.»

21

Aquel día, durante el viaje de regreso, Takeshi estuvo más locuaz. La historia del hombre lo había impresionado mucho. Se había fijado en que presentaba una psoriasis grave en los codos, en todos los dedos, detrás de las orejas y en las articulaciones, que se rascaba de vez en cuando. Le diagnosticó una neurosis que habría requerido una larga serie de cuidados.

Yui, al volante, guardaba silencio.

Al caer la noche, el paisaje desde el automóvil se convertía en una única cosa, como un cúmulo de oscuridad ensuciado por el feo resplandor de los faros y las farolas de la carretera. A Yui no le gustaba mirarlo. Las luces de los coches que pasaban zumbando en dirección contraria le transmitían un vago desasosiego.

Takeshi dijo que sería incapaz de escuchar las historias de los demás como lo hacía Suzuki-san; que una cosa era escucharlas una vez al mes, y otra muy distinta hacerlo todos los días.

Al otro lado del túnel, la carretera se extendía en medio de un amplio valle. Yui contempló los montes que se alzaban vertiginosamente a izquierda y a derecha.

—¿Sabes? ¿Lo del abrazo...? ¿Lo del dibujo del hijo de ese hombre...?

Yui asintió sin quitarle ojo a la carretera.

—Hana finge que está dormida para que la abrace.

Yui se volvió un instante para mirar a Takeshi. El tiempo justo para que él comprendiera que lo estaba escuchando.

—Lo hace cuando está cansada, y un poco triste. Lo hace desde que era pequeñísima y creía que cuando cerraba los ojos no la veía nadie.

«Cuántas cosas arregla un abrazo —pensó Yui—. Recoloca hasta los huesos.»

—¿Cuando está despierta no los acepta? —le preguntó.

—Sí, pero es un poco esquiva. Como si se avergonzase de necesitarlos.

De repente Yui sintió los bracitos de su hija abrazándole las piernas, su tesoro le apretaba tanto que no la dejaba pasar. «Que me voy a caer —le decía—, ¡ten cuidado!»

Permaneció en silencio para no llorar.

Últimamente el dolor de los demás le resultaba menos banal. Sufría, no le gustaba, pero tampoco lo apartaba. En el fondo sabía que era buena señal.

—Así que me espero a que se duerma, o a que se haga la dormida, y la abrazo —explicó Takeshi mientras dejaban atrás el cartel que anunciaba el paso de Saitama a Chiba—. Le he dicho a mi madre que cuando estén juntas también lo haga. Mi madre no es muy dada al contacto físico, ni siquiera lo era conmigo de pequeño, pero creo que también le hace ilusión.

—Has hecho bien, nunca se dan suficientes abrazos —dijo Yui, y de repente pensó en cuán a menudo, en la vida real, la banalidad y la verdad coincidían.

—Siempre he pensado que los mejores abrazos son los que das sin que nadie se dé cuenta, por el mero hecho de darlos. Esos que das de forma egoísta, sólo por ti.

—¿A qué te refieres?

—Pues mira, me ocurría con Akiko, mi mujer, en la época en que yo tenía aquellos interminables turnos de noche en Urgencias y cuando volvía ella ya llevaba un rato dormida. Se enfadaba, estaba triste, por la mañana a veces discutíamos porque decía que no se había casado conmigo para estar siempre sola. ¡A veces se enfadaba tanto que me quemaba el desayuno a posta! —exclamó Takeshi entre risas—. A lo mejor esperaba que protestara para enzarzarnos de nuevo, pero yo no abría la boca.

—¿Te quemaba el desayuno?

—Sí, sí, me lo quemaba. El pescado siempre estaba negro por un lado, y las tostadas carbonizadas —recalcó él—. Y aun así te parecerá raro, pero las noches que la abrazaba en sueños, quiero decir sin que ella se despertara, cuando la estrechaba entre los brazos sólo porque me apetecía hacerlo, por la mañana nos dábamos los buenos días y me parecía que estaba de mejor humor, más alegre, y no discutíamos.

—¿Y las tostadas?

—¡Menos quemadas!

Cuando entraron en Tōkyō ya casi había amanecido. Takeshi y Yui convinieron en que, al final, lo que más se echa de menos cuando las personas se marchan son justo sus manías, las cosas ridículas, las cosas molestas.

—Quién sabe —dijo Takeshi—, a lo mejor es porque al principio te costó aceptarlas y no te olvidas de ellas fácilmente. Es como si cada vez que una persona te pone de los nervios por algo, tú intentaras equilibrarlo pensando en sus cosas positivas. Es un poco como repetirse cada vez: «Yo a esta persona la quiero porque...»

22

Las venganzas de Akiko cuando Takeshi llegaba tarde: quemarle las tostadas del desayuno, esconderle las llaves de casa, arreglarse y ponerse especialmente guapa y, al salir, negarle el beso en la puerta.

Las técnicas de Akiko para hacer las paces con Takeshi: chocar con él por la casa, hacerse la dormida para que él la abrazara en sueños, quemarle las tostadas y riendo exclamar: «¡Lo siento, se me han pasado un poco!»

23

Yui nunca entró en la cabina de teléfono de Bell Gardia. Sin embargo, cada vez imaginó que lo hacía. Es más, si se lo hubieran preguntado, habría descrito con seguridad la imagen de sí misma con el auricular pegado a la oreja.

En realidad, Yui se limitaba a deambular por el jardín mientras Takeshi (él sí) le contaba a su mujer lo que había ocurrido y lo que continuaba esperando que sucediera.

Llegaban a Bell Gardia sobre las once de la mañana, aparcaban al lado de la finca y saludaban a Suzuki-san, que les salía al encuentro por el caminito de la entrada. En ese momento Takeshi siempre parecía sentir la urgencia de hablar con su mujer, como si el largo trayecto en coche sólo concluyera cuando levantaba el auricular. Suzuki-san también debía de notar aquella inquietud porque, después de las dos primeras veces, dejó de invitarlos a tomar el té juntos. «Nos vemos luego —decía—. Estaré en casa.» Y se iba.

Takeshi se dirigía rápidamente a la cabina y cerraba la puerta al entrar. Yui, como de costumbre, lo esperaba sentada en el banco, a pocos metros de distancia, y lo miraba inclinarse sobre el auricular, introducir los dedos en los diez agujeritos, marcando un número que sólo él conocía.

Así fue como Yui se aprendió de memoria cada detalle de los numerosos marquitos que fraccionaban su figura. La postura erguida, las piernas largas y finas, sobre todo a la altura de las rodillas; en verano, cuando llevaba camiseta de manga corta, los numerosos lunares esparcidos por los brazos. En los recuadros más altos aparecía la cabellera canosa pero abundante, y luego la expresión jovial. De todas aquellas múltiples fracciones, su preferida era la central, un poco más abajo, donde veía la otra mano, la que no estaba ocupada con el auricular y repiqueteaba al compás sobre la superficie del estante. «Quién sabe qué música tiene en la cabeza», se decía curiosa.

Con el tiempo acabó descubriendo que sentía ternura por aquella figura. Y también que se reprimía constantemente para no sentir más.

Luego, cuando Takeshi acababa, entraban en la casa y, si Suzuki-san no tenía asuntos urgentes que atender, tomaban juntos un té a la menta o un *hōjicha* y se comían los pastelitos en forma de plátano que solían llevar como obsequio desde Tōkyō. Los dos se interesaban por las actividades de la biblioteca, por los correos electrónicos que Suzuki-san recibía, por las publicaciones que estaban surgiendo a propósito de la magia de aquel lugar.

—Un profesor de Harvard ha incluido el Teléfono del Viento en sus clases de psicología clínica.

—¿En serio?

—Sí, y por lo visto visitará Bell Gardia el verano que viene. Le gustaría publicar un artículo en profundidad en una revista estadounidense.

—Enhorabuena, Suzuki-san, ¡qué honor!

—Vaya que sí, ¡enhorabuena!

En medio de la conversación, en un momento dado Yui se iba quedando cada vez más callada y, con una reverencia, abandonaba la sala. Se reservaba un poco de tiempo para pasear sola por el jardín de Bell Gardia y, aunque nadie se atreviera a decirlo, todos esperaban que ése fuera el día.

Pero Yui se limitaba a vagar entre las flores y las plantas. Se dejaba acariciar y zarandear por el viento, que parecía un cachorro que, atado a una correa, tira porque es demasiada la alegría de estar vivo.

Aun así, a Yui le seguía faltando el valor para entrar en la cabina y hablarles a su madre y a su hija. En la puerta le flaqueaban las fuerzas. Muy a su pesar, había conseguido vivir sin ellas, iba tirando.

En los trenes de Tōkyō, en los trasbordos de una línea a otra, hilvanaba discursos, preguntas para hacerle a su hija; salía de la radio y se imaginaba que charlaba con su madre sobre cómo había ido el programa, de aquel experto que no paraba de repetir «o sea» o de aquel oyente que se notaba que estaba en el váter mientras hablaba. Cosas graciosas, como aquel nuevo compañero que la había invitado a salir, pero al que ella le había dicho que no. Es simpático, mamá, y bastante atractivo, pero le falta algo, ¿cómo te lo diría yo?, no sé, una cierta complejidad: a la larga no me entendería.

Pero luego repasaba la última vez que había visto a su madre, aquella mañana, cuando le dejó corriendo a su hija porque Yui tenía que ir a la otra punta de la ciudad a renovar el carnet de conducir y la niña tenía unas décimas de fiebre y así no podía llevarla a la guardería.

Recordaba el aspecto de su hija, porque la había vestido ella. Pero ¿y su madre? ¿Qué ropa llevaba ella? ¿Cómo iba vestida aquella mañana?

Después de que la evacuaran, durante las semanas que pasó en el gimnasio del colegio de primaria, si Yui hubiera tenido el Teléfono del Viento a su disposición, probablemente le habría preguntado: «¿Qué ropa te pusiste aquella mañana, mamá? ¿Llevabas falda o pantalón? ¿De qué color? ¿Qué estampado? Necesito saberlo, tengo que poder decírselo a la policía, para que te reconozcan en cuanto te encuentren, hay que evitar que pase demasiado tiempo, porque la documentación está en tu bolso, y quién sabe dónde está tu bolso.»

Mientras dejaban atrás Ōtsuchi e iniciaban el ascenso hacia Bell Gardia, Takeshi siempre intentaba animarla: «¿Entras tú primero?»; pero Yui sonreía y bajaba la mirada.

Luego deambulaba por el jardín con su habitual actitud meditabunda, cercada por el viento.

Al cabo de un año, Yui empezó a preguntarse si algún día lo lograría. Si algún día levantaría el auricular y le hablaría al viento.

24

La ropa que llevaban la hija y la madre de Yui la mañana del 11 de marzo de 2011

La madre de Yui: una chaqueta beige con cinturón, unos pantalones negros, una camisa blanca y un jersey ligero de cuello de pico y rayas horizontales blancas y marrón claro, mocasines negros con flecos, un collarcito con el nombre de Yui.

La hija de Yui: una faldita verde y debajo unas ajustadas mallas negras, un suéter blanco con un oso en el bolsillito de la derecha, y detrás el mismo oso haciendo cucú con las patas. Calcetines de la Oruga glotona, zapatillas de deporte blancas y rosa con una raya que brillaba a cada paso.

25

Con el paso de los meses acabaron intimando con el guardián de Bell Gardia, hasta tal punto que Suzuki-san conocía la historia de ambos y memorizó sus nombres y sus geografías: los dos vivían en Tōkyō, ella trabajaba en la radio, él era cirujano. Él tenía una hija de tres años y a su madre, a ella no le quedaba nadie. Treinta y cinco años él, treinta y uno ella. Se habían conocido allí, se habían hecho amigos. Empezarían a ir juntos una vez al mes, luego dos veces al año durante los siguientes treinta años, incluso cuando él ya no estuviera.

Que se estaban enamorando Suzuki-san lo intuyó al cabo de algunos meses, aunque no se lo dijo a nadie. Como solía repetirle a su mujer: «El amor es como la terapia, sólo funciona si crees en ella.» «Pero sobre todo —reponía ella— sólo cuando estás dispuesto a trabajártelo.»

Yui y Takeshi se ofrecieron para participar en las iniciativas de Bell Gardia, siempre y cuando coincidieran con los días en que ya tenían programado ir. Incluso contribuyeron con pequeñas cantidades en la recaudación de fondos para determinadas jornadas en las que había una gran afluencia de visitantes procedentes de todos los rincones de Japón: se organizaban seminarios dirigidos a la formación de médicos y terapeutas. En tales ocasiones, la gestión del luto suponía el mantenimiento de la felicidad de comunidades enteras. Yui también mencionaba aquellos encuentros en la radio. Estaba convencida de que Bell Gardia funcionaba, y de que, igual que le había ocurrido a ella, otros también encontrarían un poco de consuelo en la colina de Ōtsuchi.

Yui y Takeshi descubrieron con el tiempo que el Teléfono del Viento era como un verbo que se conjugaba distinto para cada persona, que todos los lutos se parecían, pero, juntos, no se parecían en nada.

Había un chico que iba todas las tardes a leerle el periódico en voz alta a su abuelo, había muchos que iban a llorar y punto. Había quien iba a consolar a algún difunto que no había recibido sepultura y seguía desaparecido, quizá se encontraba en el fondo del mar o en uno de los muchos montones de huesos que entierra la guerra. Había también una madre que había perdido a sus tres hijos en el tsunami y no se resignaba al silencio, así que hablaba y hablaba, para llenar el vacío que había quedado. Había una niña que llamaba a su perro, que le preguntaba cómo era todo en el más allá; un niño de primaria que quería saludar a un compañero del colegio que no, no estaba muerto, pero al que no veía desde que su familia tuvo que regresar a China. Echaba mucho de menos jugar con él.

Frecuentando aquel lugar se entendía un poco mejor cómo funcionaban las personas.

Aun así, no a todos los muertos se los añoraba. Había quien los odiaba y no se rendía ante la idea de que su castigo acabara así. A algunos les parecía incluso una fuga, como diciendo: «Te has quitado de en medio dejándome el marrón y ahora me toca a mí cargar con el peso de tus errores.» Era raro, por ejemplo, que la gente perdonara los suicidios. Las mujeres a los maridos, los maridos a las mujeres. Los hijos, sobre todo si eran de corta edad, eran los más feroces.

Takeshi se convenció de que si la muerte efectivamente tenía rostro, se debía a los supervivientes, a los que se quedaban. Sin ellos, pensaba, la muerte sólo habría sido una palabra fea. Fea, pero en el fondo también inofensiva.

Por su parte, Yui desarrolló su propia teoría: que a algunos la vida les aflojaba las junturas desde la cuna y tenían que ingeniárselas para mantener unidas las piezas. Yui visualizaba con claridad las piernas, el hígado, los pies, el bazo, todo sostenido por los brazos de esas personas, como los compartimentos del juego Operación. Sin embargo, en algún momento concreto, algo se asentaba: se enamoraban, construían una familia, encontraban un trabajo gratificante, hacían carrera o parecían consolidarse. Lo cierto era, más bien, que empezaban a entregarles piezas a sus familiares, a sus amigos de confianza; aprendían que en el fondo no dar abasto es lo normal, y que permitir que los ayudaran a cuidar de una vejiga o de un cráneo es algo que cae por su propio peso si se pretende hacer otras cosas en la vida. Había que delegar en los demás.

¿Y luego? ¿Qué ocurría? Exacto. Era ahí donde, según Yui, entraba en juego la Fortuna. Porque si esas personas perdían a alguien que se encargaba de una pieza fundamental, ya no sería posible reformular el acuerdo. El equilibrio desaparecía con ellos.

Yui estaba convencida de que ella era una de esas personas. Y de que, antes de morir, su madre se había llevado el intestino y su hija un pulmón. Por eso, por mucha felicidad que la vida le concediera, siempre le costaría comer y respirar.

Pero en realidad se equivocaba. Y si lo hubiera dicho en voz alta, Takeshi se lo habría explicado.

Que el amor es un auténtico milagro. Incluso el segundo, incluso el que llega por error.

26

Partes del cuerpo que Yui había ido entregando a lo largo de su vida

el dedo meñique de la mano derecha a su compañera de pupitre de primaria
(*devuelto entero al cabo de seis años*)

el pie izquierdo a su mejor amiga de secundaria, al que se sumaron el pie derecho y las dos piernas al pasar de secundaria a bachillerato
(*devueltos después de que su amiga se mudara a Estados Unidos*)

el pecho derecho, la vejiga y el interior de las mejillas al padre de su hija
(*que fueron abandonados hasta que llegaron a languidecer y, al sentir intensamente su ausencia, Yui había decidido recuperarlos*)

la columna vertebral a la redacción de la radio en la
que trabajaba
(*seguía bajo su custodia*)

el corazón a su padre
(*devuelto hecho un guiñapo cuando éste se volvió a ca-
sar, tardó años en curarse; a él no volvió a entregarle nada*)

27

Cuando Shio empezó a leer la Biblia de su padre, sólo encontró nombres. Una retahíla ininterrumpida de nombres que, leídos en voz alta, no parecían nada más que sonidos. Eran todos los seres humanos del mundo, se dijo, los que existían y también los que algún día existirían. El Libro de los Números, además, jamás habría pensado que pudiera ser tan potente.

Cualquiera lo habría considerado la cosa más aburrida del mundo. Y sin embargo la épica de aquellas palabras también conquistaba a Shio, que las susurraba sentado en el retrete, adonde se las llevaba para pensar en ellas con tranquilidad. A fuerza de repetirlas se convertían en fórmulas mágicas.

Las combinaba en su imaginario con un denso banco de algas, en un mar tan plagado de ellas que era difícil abrirse paso. Abstrayéndose de todo, mientras recitaba media página en cuclillas sobre el váter, imaginaba sus pies sumergidos en la porquería más inmunda, que para él siempre había sido la sensación de contacto con las algas.

Jamás habría podido ser pescador como su padre. Y estaba convencido de que aquella constatación, que había aflorado en él con naturalidad en la niñez, había sido la primera gran decepción para su padre.

En la Biblia se hablaba de pastores y pescadores, de los animales conducidos entre los valles por un perro y un bastón, y sobre todo del milagro que supone tirar de las redes y ver que dentro hay peces. Shio se preguntaba si no sería aquélla la razón por la que su padre amaba tanto la Biblia, porque de algún modo se reconociera en ella. Era obvio que hablaba de él: pescador no de peces sino de algas.

Desde niño, Shio rechinaba los dientes cuando las tocaba. Sentía asco y angustia cuando se veía obligado a meterse en el mar para ir al encuentro de la barca de su padre y las algas se le enredaban en las pantorrillas, o cuando los amigos lo retaban a nadar desde la playa y en el tramo inicial tenía que pasar a la fuerza a través de ellas. Prefería con creces tirarse desde las rocas, a riesgo incluso de partirse la crisma, con tal de no rozar aquella masa repugnante. Tenía que repetirse que faltaba poco para regresar a la orilla, que faltaba poco para llegar a mar abierto.

Las odiaba: apestaban a pescado, pero no lo eran; el color era putrefacto y malsano; tenían «consistencia de moco», como solía decir de niño. Hasta el sabor era asqueroso. Su hermano pequeño, cuando quería vengarse por algún agravio, se las lanzaba a la cara, a sabiendas de que eran el punto débil de Shio.

Y sin embargo para su padre las algas lo eran todo. Las recogía cada día con su barca, las arrastraba hasta la orilla y, extendiéndolas como paños sobre largos palos clavados en la playa, las ponía a secar. La madre de Shio y sus hermanas hacían el resto: las algas se secaban, se envasaban con cuidado y por último se enviaban a Japón, para venderlas en diferentes tiendas y mercados.

Cuando perdió a su padre, Shio se esforzó por que le gustaran, pero no lo logró. Lo había intentado con todas sus fuerzas, hasta se había ofrecido a ocupar su lugar en la barca, a ir a pescarlas. «La fuerza de la costumbre lo arregla todo —se dijo—, uno se acostumbra a todo.»

Le había bastado una sola semana para entender que tal vez fuese cierto, que uno se acostumbra de verdad a cualquier cosa, pero también que la vida empeora si se está cerca de algo que se odia tanto. Nos consume, no vale la pena.

En homenaje a su padre, decidió conformarse con otra cosa. En vez de convertirse en pescador, optó por estudiar medicina, pero juró que se aprendería de memoria aquel libro misterioso que descansaba en la mesita de noche de su padre y que él también había leído durante años, cada día: la Sagrada Biblia.

No era creyente, jamás lo sería. Y tal vez su padre tampoco lo había sido. Se convenció más bien de que el hombre se enfrentaba a aquel libro como a una suerte de manual, lecciones de vida impartidas por una cultura lejana, quizá tan lejana que jamás lograría entenderla del todo. Hermosa, eso sí, tanto que te dejaba sin respiración.

Shio hojeaba las páginas gastadas, señalaba al azar con el índice y empezaba a recitar aquella lista infinita de nombres, de cifras y de historias. Y cada vez pensaba de nuevo en su padre, en el modo absurdo en que había desaparecido.

El día del terremoto de marzo de 2011, en las aguas de Ōtsuchi, el mundo se había puesto patas arriba. Como una alfombra empujada con muchísima fuerza hacia la pared, el mar se había alzado en vertiginosos precipicios y la barca del padre de Shio se había estrellado en la orilla. Sólo que ya no había orilla.

A bordo de aquella espantosa masa de agua, había llegado a la población, había pasado por encima de calles que esa misma mañana había recorrido en bicicleta, de edificios en los que había entrado muchas veces a lo largo de su vida, de bloques en los que habían vivido o trabajado personas que conocía; y luego del consultorio del viejo dentista que le había curado las caries desde que era un niño, del barbero que le masajeaba delicadamente la cabeza después del champú.

La barca había sobrepasado toda demarcación razonable hasta acabar posándose en la cima de un edificio, a su vez derribado por los escombros y el agua. Y allí se había quedado.

Milagrosamente la barca había quedado entera. Sin embargo, pese al aspecto de semiestabilidad que sugería de forma grotesca, dentro de ella, su padre, en aquel viaje desorbitado del mar a la tierra, había acabado cortado por la mitad.

Yui y Takeshi conocieron a Shio el verano del segundo año que iban a Bell Gardia.

Era un hombre joven de constitución delgada y expresión concentrada e inteligente. Llevaba la cabeza rapada, por comodidad, y una mascarilla enganchada a las pequeñas orejas. Se adivinaba la boca sólo cuando se llevaba la taza de té a los labios, y entonces también se le veía el diente delantero roto, la nota turbulenta que le animaba la boca. Siempre iba con una bolsa en bandolera de la que no se separaba por nada del mundo y que pronto descubrirían que contenía la vieja Biblia de su padre.

Hacía tres años y medio que Shio entraba en la cabina de Bell Gardia para hablar con él. Iba cada dos o tres semanas, y las fechas a menudo coincidían con los viajes de Yui y Takeshi desde Tōkyō.

Pasaba todas las tardes en el hospital, donde hacía las prácticas, pero el domingo por la mañana dedicaba dos horas a acercarse al Teléfono del Viento, donde se descubría cada vez más consciente, y enfadado, por lo que había ocurrido.

Suzuki-san se sabía el ritual de memoria, y lo seguía de lejos con la mirada mientras Shio recorría y volvía a recorrer el jardín a pie y se perdía en la vista del mar, entre las campánulas en verano y las *higan-bana* a principios de otoño. Igual que a Yui, a Shio le encantaba observar el vuelo de las libélulas que cabalgaban sobre el viento los días de agosto y septiembre en Bell Gardia y, llenando los pulmones de aire salobre, hacía el recuento de las flores.

Aquellas pequeñas excursiones le recordaban a los herbarios que confeccionaba con su madre, a las hojas que ella introducía entre las páginas de los libros que estaba leyendo y llevaba en el bolso; aún ahora, bastaba con hojear cualquier volumen al azar de la librería de casa para encontrar una violeta aplastada o los cinco dedos rojizos de una hoja de *momiji*.

A Shio le encantaba sobre todo observar desde aquella posición elevada las barcas amarradas en el puerto. Los días que el mar estaba particularmente encrespado, se embelesaba mirando las proas encabritarse hacia lo alto, para luego precipitarse hacia abajo. Le daba la impresión de que asentían constantemente, como el rostro de las enfermeras del hospital que trataban de tranquilizar a los pacientes, sin por otro lado hacer distinciones: «Sí, sí, tiene usted razón. Sí, sí. Pero lo que

101

haremos será lo siguiente, le explico. Sí, sí, lo entiendo, claro. Vamos, sea bueno y levántese, ahora deme el brazo, ahora abra la boca, así.» Aquella actitud transmitía a Shio una profunda tristeza, como si fuera la edad y no las características individuales lo que determina las relaciones entre las personas.

Ahí estaban los números, otra vez. En el hospital todos acababan reducidos a meros nombres y cifras, como en las genealogías de la Biblia. En esos momentos llegaba a dudar de que su destino fuese pasar toda la vida en aquel lugar.

Al comentarlo, una mañana que por casualidad se encontraron en Bell Gardia, Takeshi asintió. También pasaba en Tōkyō, no era sólo una cuestión de provincias; es más, probablemente en el hospital donde trabajaba Shio se tenía más consideración con los pacientes, la gente se conocía. Por desgracia, cuanto más atareado se estaba, más difícil era hacer distinciones; y sucedía así, lisa y llanamente, porque dando importancia a cada paciente la rutina se rompía, y un empleo sin rutina a la larga resultaba agotador.

A Yui, Shio le parecía brillante, dotado de una extraña sensibilidad. Takeshi se veía a sí mismo en la época de sus inicios, cuando trabajaba en Urgencias y el hecho de pasar de un paciente a otro y volver a casa con la espalda destrozada tras dos míseras horas de sueño en un catre, se le antojaba lo más parecido a la salvación de la humanidad.

Se hicieron amigos. Takeshi siempre intentaba dedicar al menos una hora a escucharlo y contestar a sus preguntas. Con frecuencia acababan juntos en el restaurante, y mientras Yui saboreaba sus erizos insistiendo en que no se preocuparan por ella, Takeshi y Shio abrían por completo los manuales de medicina llenos de post-it y de anotaciones del muchacho y conversaban.

Takeshi, consciente de que Shio no tenía padre, sentía la responsabilidad de su papel. Quería ayudarlo, pero ¿cómo? Cuando Shio mencionó una beca para estudiar en Tōkyō el año siguiente, Takeshi pensó que tenía la oportunidad de hacer algo concreto por él. Recopiló información sobre las distintas universidades en las que podría presentar la solicitud: «¿Ésta qué te parece? ¿Y esta otra?» Extendía ante él folletos que había ido a buscar expresamente de una punta a otra de la capital y los examinaban juntos. ¿Y la especialidad? ¿La había elegido ya? Era una decisión muy importante: definiría totalmente el rumbo de su carrera. Y luego, ¿qué tipo de médico pretendía ser? ¿Uno que trabajaba con pacientes o uno que escribía artículos para publicarlos en revistas? ¿Sabía inglés? Era una herramienta esencial. No se podía prescindir de ella.

Shio nunca hablaba de su familia. Sólo de todo lo que estudiaba, de las cosas que veía cada día. En el hospital, por la calle, en el comedor. Se mostraba entusiasta con cualquier cosa que Takeshi le sugiriera. Quería cambiar de vida, ¡quería marcharse de allí!

Yui y Takeshi tardaron todo un año en enterarse de la verdad sobre su padre.

28

Tres ejemplos de hallazgos entre las páginas de los libros de la madre de Shio

1) En la página 56 del libro de Kamiya Mieko, *Ikigai ni tsuite* (Tōkyō, Misuzu Shobō, 1966), una hoja de *momiji*.

2) En la página 20 de *Otogibanashi no wasuremono*, texto de Ogawa Yōko e ilustraciones de Higami Kumiko (Tōkyō, Shūeisha, 2006), dos agujas de pino.

3) En las páginas 5, 33 y 50 del catálogo de Ishida Tetsuya, *Tetsuya Ishida – Complete* (Tōkyō, Kyūryūdō, 2010), respectivamente dos violetas, una flor de *higanbana* y un ala de cigarra.

Nota: el verdadero nombre de Shio era Shiori. Pero un día, en vez de azúcar le echó sal al chocolate caliente que le había preparado su madre, y desde entonces para todos fue «Shio» 塩, la sal.

29

Shio levantaba el auricular y decía «papá». Primero le preguntaba cómo estaba, qué hacía, y luego por qué se había quedado «allí». Su hermano cada vez salía menos de casa, su habitación era una pocilga, y sus tías eran muy asfixiantes (preguntaban solícitas, pero sin parar, qué podían hacer para que él se sintiera mejor: pero él, ¿qué iba a saber él?). Ya era hora de que su padre regresara. Shio, él solo, no podía con todo.

Otōsan, padre, papá: lo llamaba, le suplicaba con aquella idéntica fórmula que, de tanto repetirla, parecía vaciarse. A veces hasta lo insultaba.

—¿Lo insulta? ¿Cómo lo sabe?

—Me lo ha contado —respondió Suzuki-san el día que Takeshi le habló de la documentación que le hacía falta para la beca.

—¿Qué beca? ¿Dónde?

Por fin habían encontrado la facultad de medicina de Tōkyō en la que Shio habría querido especializarse. Y la beca cubría todos los gastos de matrícula, la manutención y el alquiler de una habitación en la residencia.

—Pero ¿en serio? ¿Shio? ¿A Tōkyō? —Suzuki-san se quedó de una pieza.

Sí, sí, le confirmaron ambos. Takeshi insistió en que era una beca muy buena y merecía la pena que lo intentara. Shio tenía notas excelentes y el hecho de ser huérfano, por triste que fuera, lo ayudaría a conseguirla.

—Shio no está listo para marcharse lejos de aquí —repuso Suzuki-san.

—Pero ya han pasado tres años —comentó Yui midiendo las palabras, sin intención de juzgar nada.

—No, no me refiero al fallecimiento de su madre, eso más o menos lo ha superado. Es sobre todo por su padre. Ese hombre aún lo necesita y Shio no es capaz de abandonarlo.

¿Abandonarlo? ¿En qué sentido? Takeshi se puso alerta, había algo oscuro en aquella respuesta.

Rara vez sucedía, pero sucedía, explicó Suzuki-san. Había gente que acudía a Bell Gardia no para hablar con los muertos, sino con los vivos.

Yui y Takeshi se miraron, estupefactos. No, el padre de Shio no estaba muerto, habían oído bien. Él mismo había podido conocerlo en la única ocasión en que el muchacho había tratado de llevarlo allí, en un último intento por que el hombre recuperara la cordura.

Aquel 11 de marzo de 2011, la barca del padre de Shio, en vez de correr hasta la orilla, había emprendido rumbo hacia mar abierto, para cabalgar sobre el tsunami y evitar el impacto. Y aun así, la ola había sido tal que la embarcación había encallado en la ciudad de aquella forma tan grotesca, y se había quedado encima de un edificio como si de un trofeo se tratase. Con los años incluso había llegado a convertirse en una de las fotografías icónicas de la catástrofe.

Después de unos tremendos golpes de mar, la barca había salido despedida hacia el cielo para luego volver a caer en picado al agua. Del terror demencial en el rostro del hombre le habían hablado más adelante. Ese día no iba solo en la barca, había con él una mujer.

No había sido la furia inicial del tsunami la que le había destrozado el corazón, sino, con el paso de las horas, el remolino incesante del mar y el silencio que invadió la bahía. Entre los restos aspirados mar adentro, el padre de Shio recorrió con la mirada decenas de cuerpos, cadáveres ensartados por maderos o con poses descoyuntadas, como en ciertas pinturas. Ojos abiertos como platos, como soldados caídos en la batalla.

La mujer, acurrucada en la cabina de su barca, lo exhortaba a marcharse de allí, porque hay cosas que la mente no es capaz de borrar. Sin embargo, él replicaba que ahí fuera la gente moría, las personas se ahogaban como hormigas y que, si había algún superviviente, aunque fuera uno sólo, tenía que sacarlo de allí.

Había intentado en vano agarrar con una caña de pescar y una red a un chico que flotaba con un importante tajo en la cabeza: llevaba puesto el uniforme del instituto al que iba su hijo. Se había tapado los ojos con fuerza, llorando, al ver a una recién nacida y a su madre dentro de una de aquellas cajas medio flotantes que eran los coches; se contaban por decenas, por centenares, las trampas en las que se había ahogado un montón de gente. Parecían los pececitos de color naranja de las fiestas de pueblo, recostados ya en su bolsa antes de llegar a casa.

Con el paso de las horas, a ojos del padre de Shio los hombres se convertían en criaturas del mar: ancianos con las extremidades secas se transformaban en cangrejos, hombres arrastrados por la corriente mutaban en carpas, con sus bocas voraces, abiertas por completo. Y luego las casas y las tiendas se convertían de repente en rocas, en balsas a las que agarrarse para no ahogarse.

Pero lo peor de todo era que él no había salvado a nadie, ni siquiera a aquel hombre que había sido arrojado contra el costado de su barca y que hasta el último momento había tratado de subir.

En cuanto lo vio, el padre de Shio descubrió algo familiar en él. Debía de tener unos cincuenta años, y estaba totalmente empapado, salvo la coronilla, que tenía seca y daba una idea de su resistencia.

—¡Vamos! —le había gritado repetidas veces.

Pero el hombre no pronunció ni una sola palabra. Ni siquiera dijo nada cuando sus dedos se entrelazaron por un instante, ni cuando el padre de Shio, aterrorizado ante la idea de caer también él, le había soltado la mano. Y mientras el mar se tragaba a aquel hombre, que desaparecía detrás del armazón de una casa que iba desintegrándose en el agua, el padre de Shio se acordó. Era el dueño de la panadería por la que siempre pasaba el sábado por la tarde, antes de regresar a casa después del trabajo. El que alardeaba alegremente de preparar el mejor *melon pan* de todo Japón.

Circulaba la leyenda de que el padre de Shio había confundido un cuerpo con el de su esposa. O de que efectivamente la había visto y los remordimientos lo habían destrozado.

La verdad era que la impotencia lo había anulado. La mujer tenía razón, hay cosas que ya no se olvidan.

Desde aquel día sufría catalepsia. Se transformó en un alga, como las que antes deshilachaba y dividía en dos partes que colocaba a cada lado del asta de madera para que el viento las secara. El cuerpo seguía en su sitio, pero la cabeza ya no estaba.

Y ahora Shio iba al Teléfono del Viento a hablar con su padre, que estaba vivo y vivía bajo el mismo techo, y no con su madre, declarada desaparecida. Es más, él se negaba a llamarla a ella porque en alguna parte, decía, tenía que estar. Shio esperaba en secreto que un buen día su madre regresaría para pegar las dos partes de su padre; incluso sospechaba que aquello podía ser la venganza de su madre porque su marido la hubiera engañado. Un pedazo, el mejor, se lo había llevado consigo.

En los cinco años que habían pasado desde entonces, a ojos de su hijo, el padre se había convertido en Noé.

—Es una historia tremenda —había susurrado Yui—. No tiene...

«Arreglo», estuvo a punto de decir, pero se detuvo.

Desde que se mudó a Tōkyō a diario veía a personas que vagaban de un lado a otro como juguetes rotos: permanecían al margen del gentío, en los bordes de la vida de millones de otras personas que, en cambio, programaban el despertador a la misma hora, se sentaban de forma ordenada en los bancos, subían y bajaban sincronizados de los trenes, pronunciaban decenas de veces *ohayō-gozaimasu* y *otsukaresama-deshita*, tragaban saliva, la propia y la de los demás, se desplomaban y volvían a levantarse al llegar a la última parada del último trayecto, y volvían a empezar.

Recordó al hombre que se aferraba al marco en el gimnasio del colegio. Se conmovió, aunque era consciente de que se trataba de dos historias muy distintas.

Takeshi también se tomó su tiempo antes de objetar:

—En cualquier caso, justamente por eso, ¿no le vendría bien marcharse durante un tiempo?

Él siempre había creído que era bueno tomar distancia.

—A veces es útil cambiar de aires, aunque sólo sea para comprender lo que ha ocurrido —añadió Takeshi.

—Lo han intentado, pero Shio siempre se ha negado. Al principio dice que sí, pero luego, al final, renuncia. Está convencido de que algún día su padre despertará.

—Pero ¿hay alguna posibilidad? —preguntó Yui dirigiéndose a Takeshi.

—Con el tratamiento apropiado, no es imposible, pero hace falta muchísimo tiempo...

Ese día, mientras volvían en coche a Tōkyō, Yui y Takeshi hablaron poco.

Desde que iban a Bell Gardia miraban a la humanidad con otros ojos. La vida de muchas personas había acabado colisionando con la suya propia, un pequeño choque circunscrito al café de Suzuki-san, y también fuera, por las calles de Ōtsuchi y de Kujira-yama. O incluso vidas conectadas con la de ambos, como la de Shio.

¿Por qué el muchacho no había dicho la verdad sobre su padre? ¿Por qué les había contado que estaba muerto?

Probablemente fuera sólo porque, en cierto sentido, lo consideraba más muerto que a su madre. Porque, por muy banal que pareciera, Shio se avergonzaba, no sólo de su padre, sino de sí mismo por reaccionar así. Prefería darles buena impresión refiriéndoles una tragedia evidente.

—Cuando se sienta con fuerzas, vendrá a hablar con nosotros directamente —dijo Takeshi rompiendo el silencio cuando ya entraban en la ciudad.

—Sí, estoy segura —respondió Yui de inmediato.

Daba la impresión de que, entre ellos, cada vez había menos necesidad de aclarar cualquier asunto del que hablaran.

30

El pasaje de la Sagrada Biblia preferido por Shio

«Pasados cuarenta días, Noé abrió la claraboya que había hecho en el arca y soltó el cuervo, que estuvo saliendo y retornando hasta que se secó el agua en la tierra. Después soltó la paloma, para ver si había menguado el agua sobre la superficie del suelo. Pero la paloma no encontró dónde posarse y volvió al arca, porque todavía había agua sobre la superficie de toda la tierra. Él alargó su mano, la agarró y la metió consigo en el arca. Esperó otros siete días y de nuevo soltó la paloma desde el arca. Al atardecer, la paloma volvió con una hoja verde de olivo en el pico. Noé comprendió que el agua había menguado sobre la tierra. Esperó todavía otros siete días y soltó de nuevo la paloma, que ya no volvió.»

Génesis 8, 6-12

31

Cuando nació su hija, Yui se sintió aterrorizada. Una vida, por minúscula que fuera, necesitaba de todo: platos y cubiertos, gritos, un frigorífico lleno, nanas y vacunas. Se las había arreglado para acostumbrarse con rapidez, aunque no era que le entusiasmara el lado práctico de las tareas.

Había ido rellenando responsablemente el *boshi te-chō*, el cuadernito de la madre y del niño que le habían entregado en el ayuntamiento antes incluso de que naciera su hija. Durante el embarazo, cada semana había anotado su peso, su tensión arterial. Cuando nació el bebé, transcribió con precisión: 2,739 gramos, 47 centímetros de largo. Entre las notas había añadido: cinco dedos por cuatro, un montón de pelo castaño, llora y berrea sin parar.

Cualquiera que haya vivido un gran luto, llegado cierto punto se pregunta qué es más difícil, si aprender o desaprender. Durante una época, Yui no habría sabido decirlo, pero ahora habría respondido con seguridad que lo segundo, que es desaprender lo que más se resiste.

Cuando la niña murió, con una regla y un rotulador, trazó una línea de arriba abajo en diagonal en todas las páginas vacías. Había intentado llevar a cabo una serie de acciones, físicas, para que cuando la mente también le fallara, el cuerpo la ayudara. A veces, sin embargo, se descubría contando con los dedos los meses que faltaban para la siguiente vacuna, pensando en algo que podría comprarle, y entonces se daba cuenta de que la mente, aunque aprenda, no renuncia fácilmente a lo que ha asimilado.

Con el recuerdo del cordón umbilical dudó. Según se creía, salvaba de toda amenaza, y en caso de enfermedad hasta le arrebataría la vida a la muerte. Había que molerlo hasta obtener un polvo fino y hacer que el enfermo se lo tragara.

Le habían entregado la cajita el día posterior al parto, abierta para que el trocito de carne, al secarse, no enmoheciera.

Pese a ser desordenada por naturaleza, Yui la había custodiado con esmero. Se la regalaría a su hija el día de su boda, como dictaba la tradición.

Dejó caer el trocito ya ennegrecido en la urna que reunía a su madre y a su hija, incapaz de pulverizarlo. Se había llevado a casa las cenizas y los huesos de las dos y luego los había mezclado, para que estuvieran igual de cerca que como las encontraron. Abrazadas.

—¿Abrazadas? —preguntó una noche Takeshi, conmovido aunque vacilante.

Yui asintió. Con las manos al volante, conducía hacia Tōkyō desde Bell Gardia.

Había sido un buen día. Habían hecho una barbacoa con los vecinos de la zona, hasta treinta personas habían ido desde Ōtsuchi, entre ellos siete niños. La anciana del perro se había asomado para obsequiarlos con unos buñuelos rellenos de pasta de judías *azuki* y contarles que su nuera alemana estaba embarazada; la mujer de Suzuki-san había preparado un *chirashi-zushi* delicioso. Keita, en medio de la euforia general, había comunicado que había aprobado las pruebas de acceso a la universidad: él también iría a la Universidad de Tōkyō, a Tōdai, como su madre.

Tal vez fuera por la alegría que sintieron ese día, o por el aniversario que casualmente celebraban ambos («Hoy se cumplen exactamente dos años desde la primera vez que vinisteis aquí, ¿lo sabéis?», les había dicho Suzuki-san, mostrándoles el cuadernito en el que registraba las visitas al Teléfono del Viento), la cuestión es que Yui se sintió con las fuerzas necesarias para hablar del tema.

—Sí, estaban abrazadas.

Le contó a Takeshi que cuando en el Centro de Información le comunicaron que era muy probable que hubieran encontrado a su madre y su hija, y que, en función del estado de los cuerpos, había que llevar a cabo el reconocimiento o la prueba del ADN, la había aterrorizado la idea de verlas. ¿Y si a partir de entonces sólo fuera capaz de recordarlas así?

No obstante, su único consuelo fue precisamente verlas, constatar lo que había esperado, que no hubiesen muerto solas, sino juntas.

—Me dijeron que podían enseñarme una fotografía, siempre que yo quisiera verla, dependía de mí. Así que les pedí que primero me la describieran. Dijeron que las habían encontrado abrazadas, que parecían vivas y que, por muy trágica que fuera, era una escena muy tierna. Todos se habían emocionado al verla.

Sí, las habían encontrado pegadas, como una almeja cerrada.

—Era un abrazo asombroso, no sé cómo explicarlo, parecía que mi madre hubiera anudado las manos alrededor del cuerpo de mi hija. Como si se hubieran quedado dormidas así.

Cuando los voluntarios las encontraron, por protocolo extendieron los dedos sobre la yugular apagada, bajo la nariz llena de humo, pero habían sido previsores al imaginar a una tercera persona (¿un hijo?, ¿una hija?) que las conectara. «Si esa persona seguía viva —pensaron—, querría verlas así.»

Por eso tomaron una fotografía. Y sólo entonces las separaron.

—Hicieron bien —susurró Takeshi mirando por la ventanilla.

Después de un largo puerto de montaña, volvía a divisarse el océano, a la izquierda. Tōkyō ya estaba cerca.

Cuando Yui también vio la inmensa ciudad redujo la velocidad.

«¿Otra vez?», tuvo el tiempo justo de preguntarse, alargando la mano rápidamente hacia el chocolate. Pero las náuseas esta vez eran más fuertes.

—Para —le ordenó resuelto Takeshi.

Le señaló un área de descanso que había un poco más adelante. Parecía que la sostenía en la palma de la mano, abierta, para ella.

Yui se bajó deprisa, con las llaves oscilando en el contacto.

Se puso de frente, para mirarlo bien a la cara.

Ahí estaba, otra vez, una vez más. Miraba el mar y dentro estaba todo.

Ahí está el agua, que avanza, ahí los restos acumulados como la nieve a los lados de la carretera.

Ahí estaba su rectángulo de dos metros por tres en el gimnasio. El loco que la observaba desde el otro lado del marco y que la titulaba, vocalizando claramente: «La que no come. La que mira el mar en vez de la televisión.»

Ahí estaban los cuerpos sólo entrevistos en el tanatorio, trozos de carne a los que se intentaba en vano dar un nombre. Los dientes que se extraían con el único fin de averiguar la identidad del fallecido.

Y ahí estaba el mar, aquel mar inmenso que Yui iba a escrutar cada día. Abrazada al árbol y a la vez aferrada a la cosa más fuerte del mundo, a la vida que muy a su pesar aún seguía dentro de ella.

Las imágenes, una detrás de otra y desde el principio, se le removieron. Empujaban a las vísceras, como para salir.

Por primera vez desde que empezó a sentir aquellas náuseas, Yui no hizo nada por detener aquella oleada, que brotó.

De arcada en arcada parecía liberarse de litros de agua salada y de restos, de aquella papilla asquerosa que había retenido por la fuerza durante años, por miedo a que junto a aquella mierda se le escapara también la memoria. La alegría, por ejemplo, que había sentido el día que nació su hija o la que experimentaba por haber pronunciado más síes que noes al educarla. O también la intensísima felicidad de cada mañana, al comérsela a besos para despertarla. Y la mano de su madre, que siempre le ponía en la espalda cuando salía de casa y le decía «*Itterasshai*», la frase que le había susurrado tantísimas veces que ya hasta se había cansado de oírla: «Yui-chan, eres de verdad un tesoro de hija.»

Takeshi le sujetaba la frente, sin hablar. Con el puño de la otra mano le agarraba el pelo, cada vez más negro y más largo, con la franja amarilla en las puntas.

Cuando en su interior no quedó nada más que aire, Yui permaneció en cuclillas. Sintió la necesidad de abrazarse.

No lloró, pero tampoco dejó de mirar el mar ni un instante, convencida, como más adelante efectivamente podría verificar, de que ya no habría más náuseas, nunca más, por mucho que se hubiera resignado a seguir sintiéndolas siempre.

Se equivocaba. No sólo se acaban las cosas mejores, sino también las peores.

Takeshi no se movió de detrás de ella, para no taparle la vista del mar. Le acarició la espalda, primero de abajo arriba mientras vomitaba, tratando de facilitar el viaje de aquella misteriosa materia, y luego al contrario, para que pudiera aspirar mejor el viento que continuaba soplando.

—He tenido suerte —murmuró Yui cuando se repuso, consciente en el fondo de que era verdad—. Yo por lo menos las he visto una última vez.

Había gente que seguiría buscando los cuerpos durante años, que tendría que renunciar a encontrarlos. Y para ciertas cosas, si no se las veía, no había un final.

Tal vez fuera por la espesísima oscuridad en aquel tramo de carretera, pero, antes de volver a montarse en el coche y proseguir el viaje hacia Tōkyō, Yui posó la mirada en el charco maloliente que ahora chorreaba por el borde de la montaña.

Lo vio negro, brillante, como se pinta al demonio de los cuentos.

—Negro como el tizón.

—No sé de qué color, Yui, pero...

—Parecía una peli de terror, ¿eh? ¡Venga, dilo!

—En serio, nunca he visto a ningún paciente vomitar así.

118

No pararían de reír hasta entrar en Tōkyō, se reirían tantísimo de aquella desatinada descripción, de aquel chorro digno de unos dibujos animados, que tendrían que volver a hacer un alto en el camino. Lo hicieron para seguir riendo, hasta llorar de la risa, desternillándose. Rieron tanto que se quedaron sin aliento.

32

La tradición del heso no o へその緒 *tal como se la explicó a Yui la matrona que la asistió en el parto*

«En Japón esta costumbre se remonta a la antigüedad: tras dar a luz se le da a la madre, como recuerdo, el cordón umbilical. Durante meses ha pasado el alimento de madre a hijo; si lo piensas, es, junto con la placenta, lo más valioso que existe.

»Se creía que se acabaría transformando en una suerte de talismán capaz de proteger al futuro neonato durante toda su existencia. Antaño, las madres se lo entregaban a los hijos varones cuando partían hacia la guerra y a las hijas cuando se desposaban.

»Se decía incluso que, en caso de enfermedad mortal, había que pulverizarlo y tragárselo para salvar la vida. Qué bonito, ¿verdad?

»Déjalo ahí abierto. Ahora lo ves blanco y brillante, pero verás que pasado mañana ya se secará, se volverá marrón, y no será más grande que un cacahuete.»

33

—Las cosas prácticas sirven para poner orden.

Era el presagio de una larga conversación. Takeshi lo intuyó por el modo en que las manos de su madre se detuvieron a media altura.

—El teléfono, ¿te das cuenta?, es una cosa práctica.

Takeshi vaciaba los restos de la cena de cuenco en cuenco, los apilaba, apretando un platito sobre otro y reuniendo los palillos en el puño.

—He visto una fotografía del Teléfono del Viento, es parecido a los que se usaban en mi época. En realidad, también en la tuya, ¿no? Si se mira la parte central, parece más bien un collar, un rosario budista —dijo la mujer dibujando un círculo en torno a la muñeca—. Una de esas pulseras que llevan los bonzos, ¿sabes cuáles te digo?

Pero ¿cuántas metáforas necesita una palabra?

Takeshi suspiró. Se levantó de la mesa mientras su madre pelaba una mandarina. La cena había acabado. El aroma de la fruta se propagó por la estancia y él dejó la vajilla amontonada junto al fregadero.

Su madre nunca había sido de las que dejaban a los hombres fuera de la cocina. Más bien lo había educado con el convencimiento de que no había diferencia alguna entre un hijo y una hija.

Takeshi murmuró el enésimo *sō desune, hontō da ne*, «es verdad, sí, está claro, es exactamente así», y otros sonidos que no llegaban a convertirse siquiera en una palabra y que, por lo general, lograban calmarla un poco.

—De todas formas, ya verás que funciona y le devuelve las ganas de salir y de divertirse. A su edad debe jugar, debe jugar sí o sí. —Todo el peso de la frase de su madre acabó concentrado en el «debe»—. Si no juega ahora, ¿cuándo va a jugar?

—Lo sé, pero para estas cosas hace falta tiempo, lo ha dicho hasta el pediatra —intervino finalmente Takeshi.

¿Lo había dicho? ¿Era cierto? En ese momento no lo recordaba, podría ser, pero ya no estaba tan seguro. En cualquier caso, Takeshi sabía que para detener a su madre hacía falta la autoridad de un tercero, mejor si era un hombre.

—Aunque tampoco hay que pasarse. El tiempo cura algunas cosas, pero otras, en cambio, las agrava... Y si no se actúa a tiempo, luego quedan las marcas —repuso ella.

Ya hacía casi dos años que Hana no pronunciaba ni una palabra: si hablaba de cicatrices, ya era demasiado tarde, que nadie se hiciera ilusiones. Sin embargo, Takeshi no lo dijo, convencido de que hay personas a quienes es mejor dejarles la certeza de que basta algo así para arreglar las cosas.

—Verás cómo se recupera, estoy segura. Llévala a Bell Gardia y explícale cómo funciona.

Desde la ventana, el cielo parecía derramarse sobre la montaña, las nubes ahogaban la silueta del Fuji. Al fondo se deslizaba el ferrocarril, las vías que de dos en dos se acercaban y se alejaban a medida que avanzaban.

Tras la muerte de su esposa, Takeshi había estado tentado de cambiar de casa, pero se había redescubierto enamorado de aquel paisaje que cada día se adivinaba distinto desde la ventana.

—La primera vez que me hablaste de ese teléfono, enseguida se me vino a la cabeza el *butsudan*. Si te paras a pensarlo, es algo que también sirve para convivir con la idea de que todo acaba. Es como si siempre tuvieras en casa un poco de muerte.

Aquel altar casero, convino Takeshi, era efectivamente una costumbre que se mantenía en muchos hogares de Japón. Algunos lo evitaban, por el compromiso de mantenimiento que exigía, pero era indudable que también ayudaba a familiarizarse con la desaparición y con la posibilidad de establecer una relación distinta con nuestros difuntos.

—De niña, por ejemplo, me ayudó a entender que las cosas siguen ahí aunque no las veamos; es más, que las personas que desaparecen de nuestro día a día no tienen por qué esfumarse del todo. Como mis abuelos, los padres de mi madre, que murieron mucho antes de que yo llegara al mundo, o los dos hermanos que iba a tener y que mi madre parió muertos. Se volvían invisibles, eso es, pero no por ello mudos. Digamos que se trasladaban: de la cocina o del dormitorio acababan en la sala de estar, en el *butsudan*. Un día los abuelos estaban allí, al día siguiente aquí.

Takeshi asintió, recordando el perfil de sus bisabuelos en la única foto que había visto de ellos. Aparecían retratados con el estilo sobrio de la época: la mujer sentada, en kimono, el hombre de pie junto a ella. En el rostro, una expresión formal y altiva. ¿Cuándo se habría convertido la sonrisa en la norma en las fotografías?, se preguntó distraído Takeshi.

—Y éstas son cosas que de niña sólo entiendes gracias a la magia o a una religión no invasiva como la nuestra —continuó la mujer—. Y te diré otra cosa, hablar con mis padres ya muertos me ha resultado más fácil que cuando estaban vivos. Prácticamente me quitaban siempre la palabra: «Eres pequeña, así que a callar», decían siempre. Pero si ahora lo pienso, mira, me dan hasta ganas de reír: y es que yo siempre habría sido más pequeña que ellos, ¿no?

Takeshi recogió las cáscaras de las mandarinas que habían quedado en la mesa, las tiró a la basura y empezó a compactarlas para el contenedor de reciclaje.

—El *butsudan* es un gran consuelo, y me parece que tengo a tu padre todavía aquí conmigo.

Takeshi recordaba a su madre en constante conversación con su padre, que había fallecido cuando ella tenía cuarenta años y él, que se había casado pasados ya los cincuenta, tenía veinte más que ella. Se acordaba sobre todo de los interminables desahogos de ella y de la figura de aquel hombre impasible y justo que se quedaba allí escuchándola pacientemente. Ella, volcando en la mesa el cubo rebosante de su jornada, y él, buscando entre la arena, para valorar cada minúscula concha y hacerla feliz.

Y ahora, delante del altar casero donde él también reposaba, la mujer se sentaba de rodillas y con la espalda recta, encendía el incienso, colocaba los pastelitos y el arroz, y lo evocaba para que la escuchara de nuevo, como cuando estaba vivo. El hijo a menudo se la encontraba dormida en una postura desgarbada, en la habitación del tatami, con la cabeza apoyada en el *zabuton*.

—Sí, sí, tienes razón. Tu padre me quería así, charlatana y desordenada —respondió alegremente la mujer cuando Takeshi lo mencionó.

Y así fue como la carcajada que acompañó a la respuesta engulló aquella leve tristeza que la invadía cada vez que se sentía demasiado vieja o tonta para mejorar las cosas.

—Respecto a la idea de llevar también a Hana a Bell Gardia, en cualquier caso le pediré consejo a una amiga —retomó el hilo Takeshi para volver a coger las riendas de la conversación inicial y, con ello, dar por terminado el discurso—. Tal vez merezca la pena intentarlo.

—¿La mujer con la que sueles ir a Iwate?

—Sí, a ella me refería. Yui conoce el lugar mejor que yo. Me dirá si también cree conveniente llevar a la niña —concluyó Takeshi—. Venga, vámonos a dormir.

Apagó la luz de la campana extractora, que alumbraba un último recuadro de la cocina, y las sombras huyeron.

34

Los diez recuerdos más intensos que Takeshi guardaba de su padre

Cuando subieron por primera vez a la Torre de Tōkyō y vieron lo inmensa que era la ciudad.

La manía que tenía, en la mesa, de enroscar y desenroscar los tapones de las botellas.

Cómo repiqueteaba con los dedos sobre las cosas.

La manera torpe y confusa en que intentó explicarle cómo nacían los niños.

Las veces que se apartaba para llamar por teléfono a su hermana pequeña. Las frecuentísimas conversaciones, en voz baja, que mantenía con ella.

La maqueta de la Ferrari que le llevó de regalo cuando estuvo en Italia.

Cuando lo vio llorar por primera y única vez: su hermana había muerto.

Cuando asistieron juntos a un espectáculo de *rakugo* en Asakusa.

El día que lo encontraron en el sillón, inmóvil, con el periódico tirado a sus pies. Parecía dormido, pero había sufrido un ataque cardíaco.

El rostro plácido en el ataúd, rodeado de flores (sobre todo azucenas) y con sus pasteles favoritos (*manju*) y los crucigramas a un lado.

35

Takeshi no había tardado en darse cuenta de que lo que Akiko, su mujer, intentaba sobre todo enseñarle a su hija era a tener confianza.

Claro está que, como todas las madres aprensivas, albergaba siempre el temor de que pudiera ocurrirle algo. Algo malo, sobre todo, y que ese algo malo fuese a manos de una persona. «Les tengo menos miedo a las cosas», decía. A la materia dura del mundo, a los coches, por ejemplo, a caer rodando por una calle en pendiente. De Hana le preocupaba su constante búsqueda infantil de la mirada de la gente que pasaba, hasta de algún viejo de expresión un poco repulsiva.

Aun así, entre el miedo y la confianza, escogía siempre la confianza.

La única pelea que Takeshi recordaba haber tenido con su mujer fue un día en que, mientras regresaban de la cafetería donde madre e hija iban a desayunar, Hana se había acercado por la calle a un vagabundo para enseñarle orgullosa un dibujo. «¡Mira, mira!», había chillado, y Akiko, en lugar de tirar de la niña para alejarla del sintecho, había sentado a Hana en el borde de la acera, para que los dos hablaran largo y tendido sobre lo que habían hecho aquel día.

También había que inculcarles a los niños un poco de desconfianza, ¿no lo entendía? Era tarea de los adultos enseñárselo, dijo Takeshi aquella tarde, en cuanto estuvo seguro de que Hana dormía. Los niños no reconocían el peligro, ni siquiera entendían qué era la muerte: cuando Hana veía el cadáver de un insecto, creía que estaba dormido; si un adulto no le agarraba la mano en un paso a nivel, probablemente saldría corriendo con los brazos abiertos al encuentro de un tren.

«¡No!», replicaba con fuerza Akiko; si le infundían miedo a la vida y a la gente lo único que conseguirían sería que fuera menos fuerte. Ellos tenían que protegerla hasta que ella fuera capaz de comprender. Pero primero había que enseñarle la alegría.

—La vida hay que amarla, Takeshi, y hay que aprender a fiarse de las personas. No hacer que las odie, del odio no hay escapatoria —había añadido ella bajando la voz.

Luego, inmediatamente, había abrazado con fuerza a su marido, de la forma en que había aprendido a hacerlo con Hana cuando a la pequeña le daban pataletas tempestuosas de las que ni ella misma entendía el motivo.

Aquella noche harían el amor, pensando que era el momento perfecto para darle a Hana un hermanito. Tres meses después, por ironías del destino, mientras buscaba los síntomas de un embarazo, Akiko descubrió el tumor.

La niñez desaparece para todos. Todos los niños mueren un día.

De modo que también Hana desaparecería un día, pensaba su padre. Tenía que darse prisa para hacerla regresar.

Renunciar al trabajo a causa de la maternidad había sido un duro golpe para la madre de Hana: llevaba estudiando desde los cuatro años para convertirse en cantante, y las complicaciones del embarazo, que la habían tenido postrada en la cama durante cinco meses, habían acabado por impedirle cantar. El hecho de que nadie la hubiera obligado, y de que Takeshi siempre se hubiera ofrecido a ocuparse de la niña junto a su madre, no hizo menos dura la elección. Estaba segura de que debía hacerlo, aunque nadie se lo hubiera pedido.

Después del parto, Akiko y Hana empezaron a vivir en un régimen de simbiosis absoluto y la madre demostraba necesitar a la niña más de lo que la niña la necesitaba a ella. Su carrera se había detenido y Akiko había perdido el valor de volver a intentarlo después del periodo de pausa, que consideraba demasiado largo. Sin lugar a dudas le pesaba, y sin embargo el amor por Hana era inmenso y se decía a menudo que estar con ella la entretenía.

Podría haberle pedido ayuda a su suegra, que vivía cerca y no trabajaba, pero desde pequeña le habían repetido hasta la saciedad que «las decisiones modelan la existencia» y ella quería precisamente ver qué tipo de vida saldría de las decisiones que había tomado. Lo que más le costaba era enfrentarse a la verborrea de su suegra: no le gustaba la costumbre que tenía de tirarle a Takeshi de los faldones de la camisa o de acariciarle la mano al final de las comidas. La desorientaba la forma en que la anciana corregía a Hana, o las vigorosas caricias que le desbarataban los elaborados peinados que ella le hacía cada día frente al espejo. Estaba celosa, hasta tal punto que entre ambas se acabó generando una especie de competición amorosa.

La suegra admiraba a la nuera. No siempre la entendía, como cuando Akiko estaba melancólica y al día siguiente contenta, y ella no se explicaba cómo dentro de una única persona podía darse semejante dualidad. Pese a todo, lo que prevalecía en la joven recién casada era el optimismo, y ya sólo eso le parecía asombroso.

La madre de Takeshi había tardado veinte años en disculparse por los numeritos que le había montado a su hijo, sobre todo en el largo periodo de desconcierto después de la muerte de su marido, cuando ella se había visto sola y teniendo que sacar adelante una vida de la que, prácticamente, jamás se había ocupado. Se perdonaba tan sólo cuando recordaba el difícil contexto en el que ella a su vez se había criado.

Si ahora lo pensaba, era un milagro que su hijo incluso se hubiera licenciado (¡en medicina!), algo que se repetía cada vez que le sobrevenía el miedo de haber desperdiciado su vida: ¡un hijo médico! ¡un hijo que salva la vida de la gente!

No obstante, ante las amigas y los desconocidos con los que hablaba, se las arreglaba para no mostrar su asombro. Dar por descontado aquel logro la hacía parecer perfectamente integrada en un estilo de vida determinado: el lujoso apartamento de Naka-Meguro, las flores siempre frescas de la entrada, la guardería privada de su nieta.

También por eso, por el cansancio que cargaba a cuestas, creía haber acumulado en la vida un crédito de cierta cuantía. Una buena pareja para su hijo y una nuera amable para ella eran lo mínimo a lo que podía aspirar.

Y entonces llegó Akiko, que apareció como Mary Poppins en el hogar de los Banks. De aquella muchacha de voz melodiosa le gustaba sobre todo cómo se comportaba con Takeshi y con la niña. Tenía la casa como los chorros del oro, no se olvidaba ni de una celebración ni de una factura. Y al mismo tiempo era despistada, con esa ligereza innata de quien no se irrita por cualquier equivocación.

Exacto, eso era fundamentalmente lo mejor de Akiko: sabía quitarles hierro a las cosas. A diferencia de ella, no se ponía enferma si todo no iba como ella quería. Era verdad, su nuera comía un poco de más (estaba obsesionada por los *special éclairs* de plátano, algo que ella, francamente, no compartía), y daba besos sin parar a Takeshi y a su hija. Y sin duda era excesiva en lo sentimental, como a veces lo son las mujeres que renuncian a sí mismas por la familia, pero aquella alegría y aquella confianza eran poco comunes. Por mucho que se hubiera esforzado, ella jamás habría tenido aquel valor.

Por desgracia, Akiko había enfermado y todo había caído por la gran grieta que se abrió bajo sus pies.

Cuando un par de semanas después del funeral se dieron cuenta de que el silencio de la niña no sería pasajero, la madre de Takeshi temió que fuera una consecuencia directa del amor. Si uno está destinado a perder ciertas cosas, ¿no será quizá mejor renunciar a ellas desde el principio? Si lo preguntaba, no obtenía respuesta.

Al principio, para darse ánimos, había pensado que en el fondo la tenía a ella, una abuela todavía joven y con buena salud.

Sin embargo, Takeshi no intervenía lo suficiente, trataba a Hana como si fuese una cosa fragilísima que le aterrorizaba estropear. Ella misma, por otra parte, tampoco lo hacía mejor: con el paso de los meses había desarrollado un temor impreciso por aquella criatura siempre callada, de la que nunca se sabía qué estaba pensando.

¿Llevaría siempre Hana las marcas por la pérdida de aquella madre tan especial?

La anciana se asomaba a la puerta de su cuartito, la invitaba a dar un paseo, a ver juntas la televisión, pero la niña negaba con la cabeza y volvía a recortar y a doblar sus *origami* sola, a hojear sus libros ilustrados sola. Lo que más le gustaba era mirar por la ventana cómo pasaban los trenes, cómo se metían bajo las casas y desaparecían.

El lugar que había pertenecido a su madre, Hana no estaba dispuesta a cedérselo a nadie más.

La madre de Takeshi esperaba que por lo menos a Akiko le hubiera dado tiempo a transmitirle a su hija su extraordinaria alegría, una alegría desligada de todo.

Se consolaba pensando en aquella nueva persona de la que su hijo hablaba a menudo. De ella sólo conocía su número de móvil y la imagen de perfil de su contacto en Line, una bailarina vestida de rojo que flotaba en el aire. No era que entre ellos hubiera nada, al menos que ella supiese, pero quién sabe, se decía a veces para darse ánimos, puede que sea ella quien arregle esta cosa preciosa y magullada que es nuestra familia.

En sus oraciones diarias delante del *butsudan* empezó a pronunciar también su nombre.

36

Las diez cosas más una que a Hana y Akiko les encantaba hacer juntas

Contar los *kan kan* del paso a nivel y perder la cuenta cuando pasaba el tren.

Apretar todos los botones impares del ascensor.

Decir «*Akanbe! Bero bero be!*» sacándose la lengua.

Ir al Edificio Mori para ver Tōkyō desde lo alto, preguntarse la una a la otra «¿Dónde está nuestra casa?» y responder apuntando con el dedo a cualquier parte.

Jugar al tren (Hana se agarraba al asa que Akiko se colgaba del bolso, y Akiko decía: «¡Chu chu! ¡Pasajeros al tren!»).

En la temporada de las cerezas, subir y bajar por la orilla del río en Naka-Meguro, al amanecer, antes de que llegaran los turistas, y luego, en medio de la gente, fingir que hablaban una lengua inventada.

Decir: «Estoy llena como un elefante.»

Coger la línea Inokashira y bajarse en Eifuku-chō para ir a comer pizza.

Abrir la boca cuando llovía y decir: «¡Qué delicia! ¡Felicidades al chef!»

Saludar a todas las estatuas de *tanuki* con las que se cruzaban por la calle, al lado de los restaurantes y de las casas de la gente.

Pedir tres porciones de tarta en la cafetería, todas distintas, y luego dividirlas en cinco trocitos, para jugarse el quinto a *jan ken*.

37

¿Qué te parece? ¿Intentamos llevar a Hana a Bell Gardia?

Takeshi le envió este mensaje aquella misma tarde.

Yui le respondió que no lo sabía. Y que lo único que se le ocurría era que tal vez sería mejor explicarle primero a la niña cómo funcionaba el Teléfono del Viento, hablarle del viaje, del jardín, de cómo le hacía sentir a su padre. En fin, crear una historia. Y luego, si parecía que le interesaba, invitarla a ir con ellos el domingo siguiente. Pero, eso sí, sin forzarla.

Eso fue todo, y Takeshi le hizo caso.

Por la noche, aparte del cuento que le leía antes de dormir, le enseñó a Hana el libro que una ilustradora japonesa había creado precisamente en Kujira-yama.

Le contó que así era como le hablaba a su madre y la mantenía informada de cómo estaba Hana y cómo estaba él. La sentía cerca y estaba seguro de que ella lo escuchaba.

¿El viaje? Bueno, el viaje duraba muchísimas horas, pero se veían unos paisajes fantásticos.

—El mar, Hana, si supieras de cuántos colores es el mar en invierno...

. . .

Esa misma noche, Yui rememoró un viernes de hacía cinco años.

Su hija todavía no había cumplido los dos años e iban en tren, ella gritaba y Yui intentaba acallarla inútilmente. Ahora, al recordarlos, no habría sabido decir si eran gritos de alegría o de desconcierto, si quería algo que ella no le daba (¿una galleta?, ¿el móvil?) o si estaba inquieta y así expresaba sus sentimientos. En cualquier caso, la voz era alta, rebotaba en las paredes del vagón y no daba muestras de aplacarse.

Fue en ese momento cuando alguien gritó: «*Urusai!*» «Cállate, que te calles.»

Al darse la vuelta en el vagón, vio a un hombre de vientre prominente, greñas blancas y unas gafas de montura fina aunque grande que le rodeaban los ojos. Unos ojos que no eran ni buenos ni malos. Sólo ojos.

Antes incluso de darse la vuelta, por impulso, Yui había pronunciado «*Sumimasen!*». Estaba acostumbrada a disculparse de antemano. Con los niños había que aprender rápidamente a agachar la cabeza, a pedir perdón. En el fondo no era más que una palabra.

Lo que había sido realmente asombroso, no obstante, y que ahora se le venía de nuevo a la memoria, había sido la reacción de todos, hasta de la niña. Un silencio de miel se coló en el vagón, que contuvo la respiración. Y entonces, desde el fondo del tren, alguien del que sólo se veía un pedacito de cabeza blanco había empezado a cantar.

Zō-san zō-san... Elefantito, elefantito, de nariz larga larga.

Y mientras cantaba, la voz le fallaba un poco de la risa. Lo más asombroso fue que, después de la segunda estrofa, se le unió la voz de otro cantante, y luego de otra, y Yui, conmovida, vio al elefante materializarse ante ella con su trompa, sus patas de barro y todo lo demás.

Daba la impresión de que su hija y ella habían ido a parar en medio de una estupenda fiesta y ahora era el vagón entero el que cantaba.

El hombre que la había querido reducir al silencio ahora callaba. Tratando de apagar un interruptor, había pulsado otro sin darse cuenta.

Y ahora, al apagar la luz de la mesita de noche, Yui sonreía. Y pensaba que su hija realmente tenía un poder extraordinario. Es más, que los niños, sin excepción, eran capaces de provocar reacciones prodigiosas.

38

Título original del libro ilustrado que Takeshi le leyó a Hana aquella noche

Yōko Imoto, *Kaze no denwa*, Tōkyō, Kinnohoshi, 2014.

39

—¿Sola?

El mentón tocó la base del cuello. Estaba convencida, sí, asintió.

—Pero ¿sola? ¿Estás segura?

La pregunta entró en bucle, retransmitida constantemente por la voz y las cejas del padre. Las fruncía y luego las relajaba, como si estuviera indeciso sobre qué respuesta era la correcta.

—Venga, te acompaño hasta la entrada, y si quieres te alcanzo el auricular.

Hana se mostró irreductible. Se agachó, para zafarse de los brazos de su padre.

Su padre también se puso en cuclillas, flexionó las rodillas y notó que le fallaba la espalda. «¿Y si me hago viejo? —se preguntó—. No puedo envejecer. Por lo menos no hasta que pasen veinte años.»

Levantó la vista y en el borde del jardín de Bell Gardia vio a Yui entregar a Suzuki-san el habitual paquete amarillo de pasteles de plátano. Hablaba con el hombre, inclinaba la cabeza y le sonreía, aunque Takeshi estaba seguro de que tenía los ojos puestos en él.

En ese momento deseó que Yui regresara con ellos a casa, para poner orden en el armario de la niña, para desmontar juntos los adornos de Año Nuevo. Sería estupendo poder ir al templo juntos a pedirle a la deidad un año lleno de salud y serenidad. Deseó tenerla cerca, incluso cuando envejecieran y se quedaran un poco sordos.

¡Pero bueno! ¿Ya estaban así? ¿Era posible que ya hubieran llegado a ese punto?

Se preguntó consternado si incluso Hana se habría dado cuenta, ya se sabe que a los niños no se les escapa nada.

Y luego si algún día sería capaz de distinguir el amor personal por una mujer del amor plural que también abarcaba a su hija.

Yui se dio la vuelta, llamada por la insistencia de la mirada de Takeshi, quien sin embargo la desvió de golpe, avergonzado. Acarició despacio la cabeza despeinada de Hana.

—Muy bien, entonces lo haremos así —le dijo a su hija. Iría sola y él esperaría fuera.

La niña se apartó de su padre. A pasos pequeños, se dirigió hacia la cabina, la campanilla del arco tintineó. Takeshi contuvo la respiración. ¿Qué estaba ocurriendo? Parecía un adolescente, el corazón se le salía por la boca.

Takeshi se reunió con Yui justo en el momento en que Suzuki-san regresaba a la casa y Hana descolgaba el auricular. Plácido y negro, el aparato descendía desde lo alto hasta su oído.

—Es que es tan pequeña.

—No lo es —repuso Yui con dulzura—. Yo la veo de su edad.

—Me refería a ahí dentro.

Permanecían inmóviles en el umbral.

—Ha querido ir ella sola —añadió él.

—Eso he visto, sí.

—Aquí para hablar no hace falta la voz, ¿verdad? —preguntó Takeshi.

—No, no hace ninguna falta.

El padre se movió, cambió de perspectiva, y dentro de la cabina vio que la hija entreabría la boca, y que los labios se abrían y se cerraban decenas de veces.

Se quedó petrificado, incapaz de decantarse por un sentimiento más preciso. ¿Se limitaban a remover el aire o en realidad decían algo? ¿Estaba hablando? ¿Hana estaba hablando?

—¡Habla! —exclamó. Y al instante—: ¿Habla?

—Parece que habla, sí —murmuró Yui.

—Aunque no podemos saberlo.

—No, con certeza no.

—¿No?

—Es difícil decirlo desde aquí. Estamos demasiado lejos.

—Pero ¿está hablando? —repitió Takeshi.

—Parece que sí.

Se levantó el viento, vigoroso, y con un golpe arrancó un manojo de hojas, un cristal golpeteaba en los alrededores, un perro ladró. Aquella nube de sonidos parecía una niebla que se alzaba para proteger la intimidad de la niña.

Yui, por mucho que lo disimulara, no estaba menos emocionada que él. Le habría gustado abrazar a Takeshi, pero se contuvo.

Miró fijamente durante un buen rato el perfil de Hana, que ocupaba poco más de la mitad de los recuadros que su padre. En cada rectángulo entraba más cuerpo, un hombro entero y un pedazo del brazo. Diez años más y lo alcanzaría.

40

Frases que echaron a volar con el viento de Bell Gardia en el mes de junio

«Entonces no te quería tanto como te quiero ahora.»

«Llueve siempre, empiezo a cansarme.»

«Tía, ¿dónde estás?»

«Sí, ¿abuelo? ¿Cómo siguen las cosas allá donde estés?»

«Han muerto 71 personas en el incendio de un rascacielos en Londres.»

«Si vuelves, juro, te juro que...»

«¿Por casualidad no serás tú quien me esconde las cosas? Últimamente no encuentro nada...»

«He encontrado tu diario, ¿me das permiso para leerlo?»

«Mamá, soy Hana. ¿Todavía te acuerdas de mí?»

«¿Papá?»

41

Cuando nadie se lo espera, el milagro sucede. Yui había visto por primera vez a la niña esa misma mañana. Después de más de dos años oyendo hablar de ella, ahora la miraba a los ojos, la cogía de la mano. Era dócil y tranquila, un perfecto ejemplar de una cría de seis años. Al cabo de pocos meses, entraría en la escuela primaria.

Cuando Yui, en vez de tocar el claxon, paró el coche y se bajó para ir a su encuentro, Hana le sonrió con una pequeña reverencia. Daba la impresión de que sabía perfectamente quién era Yui y por qué ahora estaban allí los tres juntos.

Yui condujo con más cautela que de costumbre, echando breves vistazos al espejo retrovisor para comprobar que Hana, en la sillita que habían alquilado a propósito para el viaje, estuviera cómoda y a gusto.

La habían montado justo detrás del asiento del conductor y Takeshi viajaba a su lado.

Hicieron la habitual parada en el Lawson de Chiba, Hana compró un flan de *gianduja* y una botellita de leche con cacao. El chocolate la volvía loca y cuando el océano apareció ante sus ojos, Yui tendió la mano hacia atrás para ofrecerle un pedazo de su tableta. Aunque ya no sintiese ni tan siquiera un espasmo, seguía comprándolo por lo acostumbrada que estaba a aquel ritual.

—Veo el mar y empiezo a salivar más, pero sólo porque me he convertido en una golosa —comentó Yui divertida—. Qué desastre.

Necesitaba el chocolate a toda costa. A ella también le encantaba.

—Si viviera en la costa, pesaría un quintal.

Hana se acostumbró enseguida a Yui, como si siempre hubiera estado con ellos. Se notaba que le caía bien.

Y cuando la niña salió de la cabina y corrió hacia las rodillas de su padre para abrazarlas con fuerza, ambos se emocionaron, y Yui hizo ademán de dejarlos a solas, pero fue precisamente Hana quien le agarró el borde de la chaqueta, le cogió la mano y la atrajo hacia ella.

Era el momento justo. Siempre que ocurre algo bonito lo es.

El padre tenía que estar listo, antes aún que la hija. Takeshi por fin lo estaba. Y Hana pareció darse cuenta.

Así que, cuando él se inclinó para abrazarla y ella hundió la cabeza en el cuello de su padre, Hana empezó a hablar de nuevo, y lo único que dijo fueron cosas normales. Cosas de niña, cosas que correspondían a su edad.

Tenía hambre, y también un poco de sed. No, el viento no la molestaba, aunque era verdad que era fuerte. Aquel lugar era precioso.

Y si bien Hana jamás se convertiría en una charlatana, durante el viaje de vuelta comentó lo mucho que le gustaba el chocolate y, en el *konbini* que encontraron por el camino, las dos, ella y Yui, compraron un montón de golosinas. Bajo la mirada divertida de Takeshi, desenvolvieron, chuparon, masticaron, mordieron, desmenuzaron y lamieron cualquier producto en cuyo envoltorio se leyera «choco» lo que sea.

Yui contó que, de niña, su madre le compraba las rosquillas de dos en dos. Una para ese momento y la otra para más tarde. Como si no quisiera enseñarle que la felicidad puede acabarse.

—«Tranquila, que cuando te acabes ésta tienes la otra», me decía. Y, para variar, lo que ocurría es que no me quedaba sitio en el estómago para la segunda rosquilla, que, pobre de ella, se ponía rancia en la despensa sin que nadie la tocara.

Podía permitirse el lujo de tener más hambre y, también, de no tenerla.

—En cualquier caso, siempre habría otra rosquilla.

Hana abrió la boca del todo, con admiración.

—Tu mamá también compraba muchísimas —intervino Takeshi—. Muchas más de las que podía comerse.

—A lo mejor nuestra pasión por lo dulce viene de ahí —comentó Yui.

Como si los dos recuerdos estuvieran conectados de alguna manera, Yui evocó un día de abril, la boca llena de su hija, las mejillas tirantes y su primera frase completa hasta el momento: «Quiero mucha tarta.» Era el cumpleaños de Yui, sostenía a la niña sobre las rodillas para el ritual de las velas, con la cálida sensación de su cuerpo inquieto. El dedo goloso se colaba en la nata, despachurraba la forma y se la llevaba a la boca.

—¿Qué queda en la bolsa? —preguntó Yui, señalando con la mirada la bolsa del *konbini*. El recuerdo de su hija prefirió guardárselo.

—¿Quieres más? Pero ¿cómo podéis comer tanto? —repetiría varias veces Takeshi aquella tarde, fingiendo estar lleno, aunque fuera sólo para mirar a Yui y a Hana meterse algo en la boca y oírlas exclamar: «¡Mmm! ¡Qué bueno! ¿No crees que éste es el mejor de todos? Supercrujiente, sí. Calentado un poco en el microondas sería ya la repanocha. ¡Imagina con nata por encima! ¡Sí, con nata fresca por encima! ¡Y canela en polvo! ¡Y cacao! ¡Sí, cacao también, tienes razón!»

A Takeshi le hacía gracia la forma en que Yui encontraba palabras nuevas para describir la comida, como los personajes de la televisión que se inventaban parábolas sublimes para referirse a un simple pastelito. Lo emocionaba sobre todo la voz cristalina de la niña: se posaba sobre las cosas, sobre palabras normales, y las hacía vibrar con sonidos extraordinarios. Parecían las yemas de los dedos sobre las teclas de un piano.

42

Lista de dulces de chocolate que Yui y Hana compraron en el konbini *cuando regresaban de Bell Gardia*

Flan de *gianduja* y crema de pistacho.
Crepes enrolladas de chocolate y plátano.
Mochi relleno de chocolate.
Huevitos de chocolate con una almendra entera dentro.
Palitos de chocolate recubiertos de almendras y avellanas.
Panecillo a la crema de chocolate y *matcha*.
Panecillo esponjoso con pepitas de chocolate.
Bolsita de bombones con un 75 % de cacao.
Caja de cubitos de chocolate al caramelo salado.
Galleta blanda de chocolate.
Envase de dos galletas crujientes con virutas de chocolate.
Leche con cacao en lata x 2.

43

Volverían juntos a Bell Gardia. No todos los meses, porque para una niña de la edad de Hana siete horas de ida y siete de vuelta se hacían realmente demasiado pesadas, pero los tres quedarían en Tōkyō el sábado o el domingo, o el sábado y el domingo, para ir al cine, para comer tortitas en forma de flor, o para tirarse sin parar, hasta cincuenta veces, una detrás de otra, por el tobogán de un parque de la periferia.

De las muchas cosas que vieron juntos, hubo una que resonó durante mucho más tiempo en su memoria. Fue la fiesta tradicional del *o-bon*, que tenía lugar en agosto, durante las vacaciones de verano de Hana y de Yui, y que celebraba el regreso de los antepasados, la acogida de los difuntos en casa.

—Este año vamos a hacer bien las cosas —anunció Takeshi.

Colgaron lámparas *chōchin* por fuera de la puerta, como dictaba la tradición, para que los espíritus no se equivocaran de camino y llegaran pronto a la casa de sus descendientes. Hana se afanó diligentemente en confeccionar caballos y vacas con berenjenas, pepinos y palillos de dientes («Caballos para una rápida venida y bueyes para un lento regreso al mundo de los muertos»); Yui recuperó el libro de recetas de su madre y preparó *mochi* y pasta de judías para hacer *o-hagi*, Takeshi se encargó de conseguir las flores y los ingredientes para las ofrendas de los altares familiares, el suyo y el de Yui.

Hana se imaginaba a su madre y a su abuelo paterno, a quien nunca había conocido, viajando a lomos del caballo verde y lleno de bultos; y, cabalgando junto a ellos con el mismo paso brioso, a la madre y a la hija de Yui. Visualizaba aquella procesión con tanta viveza que hizo un dibujo y se lo regaló a Yui, que lo pegó con cinta adhesiva en la puerta de la cocina. Se enternecía cada vez que pasaba por delante.

La tarde del 16 de agosto, Hana y Yui se vistieron con dos llamativas *yukata* y se dirigieron hacia el mar. Takeshi se reunió con ellas al acabar su turno en el hospital, también él con una *yukata* que le había prestado un compañero, y las *geta* en la mochila. Se cambió velozmente en el baño de la estación y los tres, de la mano, se pusieron en camino hacia la lengua de tierra que conectaba la islita de Enoshima con la región de Kanagawa.

Hana descubrió que en la antigüedad las personas creían que el más allá se encontraba en la orilla opuesta de los mares y los ríos, razón por la que, en muchas zonas de Japón, se conservaba aquel precioso ritual que consistía en colocar ofrendas o hacer fuegos minúsculos en barquitas de papel, farolillos que dejaban sobre la superficie del agua para que se deslizaran hacia mar abierto, entregados a la corriente.

Los dos adultos y la niña se inclinaron juntos sobre la linterna de papel en la que habían escrito el nombre de la esposa de Takeshi y los de la madre y la hija de Yui, y observaron absortos las semillas de luz y los *kanji* de tinta que se mecían sobre ellas. Luego abrieron las palmas de las manos al mismo tiempo y la liberaron en el mar.

—Has tenido una idea preciosa —susurró Takeshi, apretando por un instante la mano de Yui.

Se dirigieron a pie hacia la isla y subieron hasta lo alto de la montaña para rezar en el santuario. Yui, que jamás había tenido talento para la cocina, le pidió a la diosa Benten que le enseñara a preparar mejores *bentō* para Hana; Takeshi deseó más días como aquél, y Hana se limitó a mirar embelesada los trémulos reflejos de las linternas. Vistas desde allí parecían luciérnagas flotando sobre el agua.

Esa noche, por primera vez, Yui se quedaría a dormir en casa de Takeshi y Hana. Se tendería cerca de la niña.

—Quédate hasta que me quede dormida —le pidió Hana.

—¿Estás nerviosa por algo?

—No, no, por nada —respondió. Simplemente le apetecía, como puede apetecer un segundo café por la mañana o una manta más en invierno.

Yui también se había quedado dormida y Takeshi no la había despertado. Se levantaría con una tortícolis tremenda y dos profundas marcas en la mejilla izquierda. Si bien habría valido la pena: el recuerdo de aquel desayuno la confortaría durante meses, como una caricia.

Cuando, días después, Yui encontró en una librería un álbum ilustrado que reproducía en tonos pastel los distintos paraísos del mundo y los reinos ultraterrenos, lo compró. Se lo entregó a Hana en un momento en que estaban juntas, comiendo *sukiyaki* después de una jornada en la que todo había salido mal.

Según una leyenda nigeriana, en las raíces del mundo se encontraba un toro; tres peces, según los tártaros de Altái, que periódicamente provocaban inundaciones como castigo por las malas acciones de los humanos. En la isla indonesia de Sumatra, en cambio, era un dragón-serpiente el que sostenía la Tierra y las siete capas de cielo apiladas encima (en cuya cumbre crecía el árbol sobre cuyas hojas estaba escrito el destino de todos). Se creía que sus desplazamientos causaban los terremotos.

—¡Como en Japón! —chilló de repente Hana.

—Sí, sí, como en Japón —se hizo eco Yui, recordando las estampas *ukiyo-e*, que representaban el archipiélago japonés a merced de un pez gato, el *namazu*, que con sus coletazos y largos bigotes era el responsable de los desastres.

Leían entre risas: la especie humana era realmente fantasiosa.

A Takeshi, que aquella tarde se unió a ellas después de un extenuante turno en el hospital, le encantó sobre todo el mundo yekuana de Venezuela. En el sofá, con una cerveza delante y un cuenquito de habas saladas, discutió con Hana y con Yui la posibilidad de que la cosmología de verdad tomara como modelo una casa tradicional: a fin de cuentas, si nuestra propia vivienda tenía esa forma, ¿por qué no podría ser así el universo entero?

Sin embargo, la visión que probablemente más los impresionó fue la de los ojibwa, de la Manitoba canadiense. El sueño ocupaba el lugar central del relato, de los sueños se aprendía la relación entre los humanos y los no humanos, era el modo de explorar lugares desconocidos sin tener que cargar con el peso del cuerpo.

«Si sueñas bien, tendrás una vida larga y hermosa», le decía un abuelo a su nieto, y Yui recordó una de las primeras conversaciones con Takeshi.

—Yo, volviendo a concebir cada noche a mi hija, y tú, dándole directrices a Hana, ¿te acuerdas?

—Claro, parecíamos dos locos.

—Pero en realidad eras su espíritu guardián y no lo sabías —le diría Yui riendo aquella noche, despidiéndose de él en la puerta.

De vez en cuando volverían a hojear aquel libro, y siempre regresarían a la cosmología ojibwa. Hana la prefería a todas las demás, no por la historia del sueño, sino porque en ella los difuntos acababan en una Tierra de los fantasmas donde, para alimentarse, no hacía falta cazar (que no era poco) y donde, lo más importante de todo, no existía el invierno. Su madre era muy pero que muy friolera y Hana recordaba nítidamente cómo se quejaba siempre de lo helada que se quedaba en casa, de lo feo que era tener frío, tanto que incluso soportaba mejor el desagradable y bochornoso verano de Tōkyō, pero el frío lo odiaba con toda su alma (aunque luego, en verano, repetía una queja idéntica pero al revés). Por eso a Hana le chiflaba la idea de un lugar donde su madre no tuviera que ir de aquí para allá con gruesos calcetines de lana y una bolsa de agua caliente apretada contra la barriga.

En cuanto cruzó el portón y estuvo en la calle, Yui recordó que durante una época, cuando estaban vivas, ella, su madre y su hija solían contarse sus sueños.

153

¿Cómo es que se le había olvidado?

A Yui, que nunca había sido de hablar mucho, le encantaba, sin embargo, despertarse y contar lo que había soñado. Primero a su madre, de niña. Luego a su hija, de adulta. Tenía tendencia a retener los sueños, como si lo hiciera a propósito, aunque no era así.

Mientras removía la sopa, contaba en voz alta lo que había ocurrido aquella noche, con quién había hablado, de qué, qué lugares había visitado, de quién (si podía decirse en voz alta) se había enamorado. Y lo hacía como si se tratara de un gesto necesario para preparar el arroz o cortar el pan, como algo indisociable del desayuno. De tal modo que su hija, que se acurrucaba feliz en el timbre alegre de Yui, se había acostumbrado al pescado o al yogur aderezados con los sueños de su madre.

En el tren, de pie junto al cristal de la puerta, a pesar de que el vagón iba lleno de asientos libres, Yui observaba ahora cómo Tōkyō se perfilaba sobre un fondo de lava. Y al mismo tiempo recordó el día en que su hija empezó a devolverle el don de la palabra.

Qué maravillosos los sueños que entonces inventaba; reunía de forma casual, guiada por el instinto y por la emoción, los fragmentos de su corta vida: vestidos y flores explotaban en un campo de elefantes y leones, miedos, dinosaurios y prohibiciones, estas últimas repetidas con las mismas palabras con las que se le repetían a ella.

Yui recordó cómo, a partir de aquel día, todo se convertiría en un intercambio de sueños, porque también a su madre, cuando se pasaba temprano a visitarlas, le encantaba participar en aquel juego. Cualquiera que entrara por la mañana en su cocina habría dicho que la alegría era un vicio de familia.

154

Esa noche Yui regresó al silencio condensado de su casa pensando que los recuerdos eran como las cosas, como aquel balón de fútbol que un año después del tsunami apareció en las costas de Alaska, a 3.000 millas, al otro lado del océano Pacífico.

Tarde o temprano salían a flote.

44

Título original del álbum sobre el más allá que Yui le regaló a Hana

Guillaume Duprat, *L'Autre monde. Une histoire illustrée de l'au-delà*, París, Le Seuil, 2016.

45

Ver a Hana a menudo fue la mayor prueba para Yui.
Proyectar a su hija, la vida que habría tenido, en la hija
de Takeshi fue una operación involuntaria pero persistente. Necesitó tiempo para tomar distancia de las cosas
y sobre todo para no sentirse culpable por caer de nuevo
una y otra vez. Se liberó del ansia que a veces la embargaba al imaginar que Hana, a su manera, sentía la misma
angustia.

No obstante, a veces, poco antes del enésimo encuentro, se le metía en la cabeza una idea que la desanimaba. Se imaginaba que, al tocarla o al darle un beso
en la cabeza, no sentía nada. Absolutamente nada. Era
linda, dulce, aunque eso era todo, una niña cualquiera,
como tantas desconocidas con las que se cruzaba por la
calle.

«Ay, Dios mío, ¿y si de verdad no estuviera lista para
quererla?», se preguntaba.

«No sentiré nada —se amenazaba a sí misma—, y
saldré de esto destrozada.»

Aun así, recordaba haber leído una línea, tal vez
media, en un libro de pedagogía que decía (se acordaba

perfectamente porque le había afectado mucho) que la distancia servía para amar mejor, con más consideración. Es más, que la distancia no era algo negativo. Su ausencia más bien era dañina y la emoción más pura, el amor espontáneo y visceral, sólo servía para justificar el error, el arrebato.

«Eso es, el amor es peligroso. Y a menudo nos sirve para perdonarnos las peores cosas», recordaba haber pensado.

El día del cumpleaños de Hana, Takeshi organizó una pequeña cena. Por la tarde visitaron el templo, cuando volvían de hacer la compra en el supermercado. Hana había decidido el menú de esa noche: ostras fritas, ensaladilla de patatas, sopa a la crema de maíz y una tarta con Kiki la bruja y el gato Jiji dibujados encima.

Yui, más perspicaz que Takeshi, se dio cuenta de que lo que más le gustaba a Hana era el animal, y le insinuó el deseo de la niña. Al fin y al cabo, que se cumpliera dependía de él.

Era noviembre y en el santuario todo era un ir y venir de niños, de kimonos con los colores brillantes de la *shichi-go-san*, la fiesta de los tres y los siete años de las niñas, y de los cinco en el caso de los niños.

—¿Te da pena no haber celebrado la de los tres? —le preguntó Takeshi a su hija mientras subían los escalones de piedra. Con las bolsas, chocó con una anciana que iba tan pendiente de su nieto que no se percató de nada.

—No, pero cuando cumpla siete no me la quiero perder —respondió Hana con rapidez. No le gustaba hablar del pasado, ni de lo que no había ocurrido.

—¿Compramos una *ema* y la colgamos? ¿Te apetece? —Su padre se apresuró a cambiar de tema.

No hizo falta tocar la campanilla de la tienda. Era tal el ajetreo de personas que, a pesar de que el viento soplaba gélido, la *miko* tenía la puerta corredera abierta de par en par. Takeshi pidió una tablilla de madera. Llevaba impreso encima el dibujo de tres niños vestidos de fiesta delante de un *torii* rodeado de hojas de arce. Hana tendió la moneda dorada que poco antes había recibido de su padre. Se apartaron a un lado.

—A ver. ¿Qué escribimos? —le preguntó Takeshi sonriendo—. Es tu deseo y es tu día, tienes que decidirlo tú.

—Que nuestra familia sea siempre feliz y tenga salud —contestó Hana, como si repitiera una fórmula establecida. Takeshi no objetó nada. Dejó las bolsas en la repisa y le quitó el capuchón al rotulador que le había dado la *miko*. Empezó a trazar los *kanji* que al año siguiente Hana aprendería a escribir en el colegio.

—¿Dónde pone «familia»? —preguntó la niña, escrutando la tablilla de cerca.

Takeshi señaló los dos *kanji* de «hogar» y de «tribu» y Hana puso la yema del dedo en *kazoku* 家族.

—¿Familia? —preguntó de nuevo, como si esperara una definición—. ¿Papá, mamá, abuela y Hana?

—Sí —respondió Takeshi distraídamente, mientras recolocaba las bolsas que amenazaban con caerse.

—¿Y Yui-san?

Cogido por sorpresa, su padre vaciló.

Un niño de celeste, superado por la emoción, pasó corriendo detrás de ellos por la explanada que había enfrente del altar, mientras sus familiares, no menos emocionados que él, inmortalizaban su huida entre tupidas matas de hortensias y altas linternas de piedra.

—¿Tú qué crees, que cuando Yui-san piensa en su familia también piensa en nosotros?

—No sabría decirte... —respondió Takeshi—. Pero sería bonito que así fuera, ¿no te parece?

Vio a Hana asentir y después ensombrecerse. A Takeshi se le vino a la memoria el rostro siempre enfurruñado de su hija recién nacida cuando su mujer se la daba para que la cogiera en brazos y la niña parecía escudriñarlo, dudando si aceptar que él la abrazara o romper a llorar con todas sus fuerzas.

—¿Qué pasa? ¿Esto no te hace feliz?

Hana se quedó en silencio, y volvió a clavar la mirada en los ideogramas trazados en las venas de la madera. Recorrió las líneas de la tablilla que descendían de arriba abajo repiqueteando sobre ellas con las yemas de los dedos, en los dos breves segmentos de derecha a izquierda que terminaban con su nombre.

—Pero es que su hija era muy guapa —se limitó a decir.

—¿Te refieres a la hija de Yui-san?

Hana había visto las fotografías de aquella niña en casa de Yui: lamiendo un enorme helado a punto de caer, meciéndose en un columpio en brazos de su abuela, llorando con la boca muy abierta, durmiendo con los ojos cerrados. Todas esas instantáneas estaban reunidas en un único marco encima del cabecero de la cama de Yui.

—Hana, ¿te refieres a la hija de Yui? —repitió Takeshi.

Ella apretó el mentón contra el cuello, con los ojos fijos en el suelo para no intercambiar la mirada con su padre.

—¡Pero si tú también eres preciosa!

Y lo era, Takeshi siempre lo había pensado. Estaba convencido de que hasta era capaz de ser objetivo en su juicio. Hana tenía los ojos entornados e inteligentes, el rostro alargado como el de su madre y como el de algu-

160

nas estampas *ukiyo-e*. Y también las manitas estilizadas, la piel perfecta, la expresión abstraída y siempre lúcida. Preciosa, sí, ¿con qué otra palabra podría describirla?

El niño que antes corría perseguido por sus familiares ahora chillaba, inmovilizado por la madre que se afanaba en abrocharle el *obi*, que se le había aflojado. Se oían también alto y claro las órdenes repetidas por alguien situado un poco más allá, un fotógrafo que intentaba en vano hacer sonreír a una familia rígida y tensa bajo el arce más rojo del santuario.

Takeshi hizo un esfuerzo por concentrarse en la emoción de su hija: probablemente no se sentía a la altura. Exactamente lo mismo que le ocurría a él desde siempre.

—Y además yo no soy nada ordenada —añadió Hana, con voz derrotada.

—¡El cariño no tiene nada ver con lo guapos o lo ordenados que seamos! —exclamó Takeshi. En su urgencia por contestar, había alzado la voz sin querer.

Hana calló, con la mirada perdida en el vacío ruidoso de todas aquellas familias. La celebración de la *shi-chi-go-san*, la oración a los dioses para que aceptaran la custodia de los niños, era muy bulliciosa. Hasta los siete años, según la fórmula sintoísta, estaban en manos de las deidades.

Takeshi se puso en cuclillas para mirar a su hija a los ojos.

—Hana, el amor no tiene nada que ver con la belleza o con lo buenos que seamos, créeme.

La niña seguía en silencio, jugueteando con los bordes de la *ema*. Luego, con voz débil, preguntó:

—¿Nada de nada?

—No, en absoluto. Si no, sería algo fragilísimo, ¿no crees?

Hana no dijo nada más, pero dejó que su padre le acariciara la cabeza, lo que a su manera podía considerarse una respuesta. Luego, como para liberarse de una conversación que empezaba a resultarle pesada, cogió la tablilla y buscó con la mirada los barrotes de hierro a los que se anudaban.

En cuanto los localizó, agarró la *ema* con decisión y se lanzó a toda prisa hacia el santuario, allí donde las familias se ampliaban y se encogían como las bandadas de aves en el cielo al atardecer.

—¿Aquí? —preguntó indicando varias decenas de tablillas más colgadas bajo un tejadito de madera.

Takeshi sonrió.

—Sí, átala ahí.

Estaban demasiado lejos el uno del otro para que su voz llegara hasta ella. Así que asintió exageradamente con la cabeza y con la mano le hizo la señal de OK.

Luego recogió las bolsas de la compra y fue rápidamente hacia ella.

Fue esa misma noche, después de soplar las seis velitas y devorar una buena mitad de la tarta, cuando Yui, mientras la acostaba, le explicó a Hana el porqué del regalo que había escogido para ella. Era un marco de madera, blanco, adornado a los lados con una cascada de hojas.

Le habló del hombre del marco, aunque despojándolo de los detalles más sombríos, y Hana descubrió a qué se refería Yui cuando usaba aquella palabra.

Efectivamente el mundo entero estaba dividido en recuadros, ventanas, ventanucos, agujeros, recortes de líneas.

—Y si lo encierras ahí dentro, me parece a mí que hasta se entiende un poco mejor.

Hana, ya en la cama, había levantado el marco a la altura de la cara y había observado con atención el techo del dormitorio, donde se desplegaban los centenares de estrellas del proyector que esa tarde le había regalado su padre. Luego lo había bajado, para mirar a Yui a los ojos.

—Hasta la cosa más enorme la puedes dividir en pequeñísimas partes —susurró Yui, tendiendo la palma de la mano para acariciar la mejilla de la niña—. Hasta el problema más gordo. Todo lo que cabe dentro de un marco.

46

*Definición de familia que Takeshi encontró aquella noche en
el diccionario de la lengua japonesa Kōjien (5.ª edición)*

か-ぞく 【家族】
夫婦の配偶関係や親子・兄弟などの血縁関係によって結ばれた親族関係を基礎
にして成立つ小集団。社会構成の基本単位。
↳家

47

Yui y Takeshi hicieron las cosas —todas las cosas— con muchísima calma. Los dos eran conscientes de que los niños no sabían mucho de la vida, de que había que ir dosificándosela poco a poco. Era como una borrachera, y podían reaccionar a las novedades de forma impulsiva. Un domingo por la mañana de enero del año siguiente acudieron a la cita programada en la oficina sanitaria del ayuntamiento y le entregaron a Hana una jaulita.

La niña llevaba semanas soliviantada: aquella cosa a la que el día de su cumpleaños no supo poner nombre seguía creciendo. Daba la sensación de que su extraña familia hubiera nacido de una única y prodigiosa alubia plantada por casualidad en el huerto de casa.

Hana quiso ponerse el vestido de volantes y la mochilita de Kiki la bruja. Le pidió a su abuela que no saliera de casa, para que cuando regresaran hubiera alguien que les diera la bienvenida.

Se pusieron en camino los tres: Hana, Yui y Takeshi. Sentados en los espartanos banquitos de la oficina sanitaria, asistieron pacientemente a la larga y articulada clase preparatoria para la adopción de un animal. Yui tomó minuciosos apuntes, transcribió detalladamente los datos sobre la incidencia de las enfermedades más comunes entre los felinos, sobre la esterilización y sobre los hábitos cotidianos que había que respetar para lograr una convivencia satisfactoria. No quería perderse nada.

A Hana le costó comprender todos los pasos; se perdía en los diagramas, en los porcentajes y en la severa terminología empleada por el veterinario. Por eso su padre le rodeaba los hombros cuando la veía más tensa y, entonces, ella volvía a mirar la diapositiva del retroproyector, la camisa blanca del veterinario. Con el ceño fruncido, se esforzaba en concentrar en él toda su atención.

Después de la clase, los llevaron a otra pequeña sala donde había tres gatitos acurrucados dentro de un corralito. De distintas edades y colores, habían llegado hasta allí por las vías más tortuosas. Hana, abatida ante la idea de tener que abandonar dos, le pidió ayuda a su padre.

La elección fue rápida: a la gatita de pelo negro y ojos amarillo limón la llamaron *Tora*, tigre, aunque de tigre tuviera más bien poco. Raquítica, y con poquísima iniciativa, se dejó encerrar en la jaulita sin oponer resistencia.

Había que enseñarle a Hana cómo cuidarla, claro estaba, y un animal era una experiencia de convivencia importante, les susurró a escondidas la abuela a Yui y a Takeshi al ver aquel montoncito de huesos. Pero ¿no les parecía que tal vez estaba un poco maltrecha? ¿Y si se moría? ¿No se arriesgaban a que la niña sufriera el enésimo trauma?

Takeshi tenía confianza, el veterinario les había dicho que era una gatita capaz, que había sobrevivido a un largo periodo de vagabundeo. Era obstinada, y con una obstinación así era difícil morirse.

Claro que también estaba el hecho de que ninguno de ellos tuviera experiencia con gatos. Solamente Yui, de niña, había disfrutado de la compañía de un animal, un corgi galés amarillo mostaza y sin rabo que su madre había recibido de una vecina que estaba a punto de mudarse a Europa. En los diez años que habían vivido juntos, Yui se había enamorado de aquel perro, convirtiéndolo en lo más importante de su vida. Cuando había enfermado, ella había sentido que también se moría.

Sin embargo, de gatos no sabía nada; es más, por lo que decía la gente, parecía que quien amaba a los perros no podía apreciar a los felinos, y al revés. Peor que los seguidores de un equipo de fútbol. Así que, como hacía siempre cuando se topaba con algo nuevo, adquirió numerosos libros sobre el tema y se puso a estudiar. Los leía en el metro, de camino al trabajo, en las pausas publicitarias en la radio. *Nyan nyan*, maullaban sus colegas, a quienes les hacía gracia aquella montaña de libros que crecía día tras día sobre su escritorio.

—¡Y eso que el gato ni siquiera es mío, habrase visto! —se defendía ella.

Cuando en la librería, al llegar a la caja, le preguntaban si quería forrar las tapas del libro, Yui generalmente contestaba que no, que no hacía falta. ¿Qué más daba que la gente descubriera el título de las obras que leía? Que hurgaran si querían en sus intereses banales, a Yui le importaba un bledo ese tipo de privacidad.

Y sin embargo, cuando compró un manual sobre cómo preparar a los niños para entrar en primaria y ayudarlos a iniciar la vida escolar del mejor modo posible, incluso se adelantó al gesto de la dependienta.

—Querría el forro de papel, por favor —pidió Hana, antes de que la cajera pudiera siquiera escanear el código de barras.

Capítulo a capítulo, el experto repetía de distintas formas el mismo concepto: no debía producirse una ruptura respecto a la vida precedente, pero, al mismo tiempo, había que poner en marcha una revolución. Una R-E-V-O-L-U-C-I-Ó-N. ¡Una revolución! Ay, ay, ay, y ¿quién sabía cómo se gestionaba algo así? Golpes de Estado, estatuas de tiranos derribadas, lanzamiento de piedras y ejércitos en la calle: aquella palabra sólo evocaba cosas tremendas en la mente de Yui.

Fueron un invierno y un principio de primavera llenos de palabras, todo se le hizo cuesta arriba.

Takeshi y ella lo debatieron largo y tendido, con la esperanza de resolver de algún modo la aprensión de ambos. De enero a abril no hablaron de otra cosa. Sucedía sobre todo después de la cena, cuando Hana ya se había acostado y en el techo de su cuartito vibraban las estrellas del proyector. Se sentaban entonces a la mesa ya despejada, con una tisana o un té caliente, y, haciendo oscilar en el agua la bolsita, Takeshi señalaba los problemas que se le habían venido a la cabeza, los consejos que había recibido en el hospital por parte de sus compañeros con hijos ya mayores; y, removiendo con una cucharilla llena de miel, Yui lo informaba de lo que había leído en el manual (que a esas alturas ya eran tres), de las posibles soluciones a las dudas que les surgían a ambos.

—Cómo vestirla, por ejemplo. Cómo mantener en buen estado el uniforme y evitar que se estropee con el paso de los años. O todos los cacharritos que se pueden colgar en la mochila: ni te imaginas la cantidad de cosas con las que hay que equipar a un niño hoy en día.

—¿En serio? —preguntaba Takeshi alarmado.

—Y después habrá que estudiar con detalle el recorrido de la casa al colegio, probarlo unas cuantas veces antes de que empiece el curso. Lo mejor es encontrar a otros niños con los que pueda compartir una parte del camino. Al parecer, hay pequeñas patrullas de madres que se encargan de vigilar puntos neurálgicos del barrio, pasos de cebra que tienen que cruzar o esquinas donde doblar.

—Espero estar a la altura.

—Claro que sí, basta con saber delegar en alguien que sepa más que nosotros.

Y entonces llegó el primer día de colegio y no fue Hana, sino Yui, quien por la emoción pasó la noche en vela. «Una revolución, poner en marcha una revolución»: aquella expresión siguió atormentándola hasta el último momento.

Takeshi evitó enviarle mensajes, pero él también se quedó despierto toda la noche, rumiando sobre la única cosa que, en aquel larguísimo discurso de invierno y primavera, había preferido callar. A saber, cómo aclararles a las maestras quién era su hija, la muerte de su mujer y, sobre todo, cómo explicar el hecho de que durante dos años la niña no hubiera pronunciado ni una sola palabra.

¿Callada? Sí, callada. ¿Totalmente? Sí, totalmente. Etcétera.

48

El forro de papel que Yui escogió en la librería cuando la
dependienta le preguntó cuál prefería entre:

a) Estampado de flores rojas sobre fondo amarillo
y hojas pequeñas.

b) Un único color, a elegir entre azul, verde oscuro
o rojo.

c) Estampado de jirafas con corbata y elefantes con
paraguas y botas de agua en tonos pastel.

fue el b).

—¿Azul, verde o rojo? —preguntó la dependienta.
—Rojo —respondió Yui segura.

49

Aquella mañana el despertador sonó a las siete, y a las siete y media, como había prometido, Yui estaba en la puerta. Se había tapado las ojeras con una espesa capa de maquillaje y se había dado un toque de color en las mejillas y los labios. Al ir a abrir, Takeshi la encontró particularmente atractiva y le dedicó una sonrisa contenida, poco natural.

Aun así Yui exclamó «¡Buenos días!» a toda prisa, no se percató de nada y fue disparada a la habitación de Hana para ayudarla a vestirse.

Su atuendo llevaba ya semanas decidido: un vestidito de tela azul que le llegaba por debajo de las rodillas, unos mocasines abiertos con una tira y un botoncito, y una cinta elástica con un lacito de rayas para sujetar los mechones que se le escapaban detrás de la nuca.

Tal vez para descargar un poco la tensión, se divirtieron imaginando otras alternativas:

—¡Imagínate irrumpir en clase con el disfraz de bruja y la escoba entre las piernas!

—¡Imagínate que te pones la *yukata* de verano, y hasta insinúas un paso de baile!

¡La cara que pondrían sus compañeros de clase!

Tora las miraba de reojo desde debajo de la cama.

La madre de Takeshi se había quedado en la cocina, haciendo y deshaciendo el desayuno, secando los cubiertos ya secos y repitiendo incrédula: «Ya va al colegio, seis años, ¡primero de primaria!» Intranquila, se acercaba entonces a su hijo, le apretaba la mano, le tocaba el hombro, como para felicitarlo por aquella sorprendente victoria. «¡*Tora*! ¡*Tora*!», llamaba finalmente a la gatita, tendiéndole el enésimo trocito de comida, y el animal echaba a correr hacia la cocina. Por mucho que hubiese engordado y que ahora tuviera un pelaje tupido y brillante, la anciana seguía viéndola esquelética.

—Pero ¿le dais de comer? Quiero decir: ¿lo bastante?

—¡Pues claro que sí! Mamá, haz el favor, deja ya de malcriarla o se acabará poniendo obesa —la reprendió Takeshi.

La madre captó la angustia en la voz de su hijo (ya al colegio, seis años, ¡primero de primaria!) y no rechistó.

Se encontraron de nuevo en la mesa, con el estómago cerrado por la emoción. Para desayunar, Hana se había pedido los *special éclairs* de plátano: para subrayar la solemnidad del momento y porque ya se habían convertido en una tradición. Todos se propusieron sentarse delante del *butsudan* aquella tarde para contarle a Akiko con todo lujo de detalles cómo había ido aquel día tan importante.

—Hoy empieza una revolución —susurró Yui a Takeshi mientras cerraban la puerta de casa y la niña, cogida de la mano de su abuela, bajaba ya las escaleras con la mochila al hombro. Había visto a Takeshi más tenso que ella y eso la había ayudado a desdramatizar. Repetirlo así, a bocajarro, logró liberarla del eslogan que llevaba meses torturándola.

172

—Una revolución, desde luego —respondió sin embargo Takeshi, tomándose la frase tan en serio que a Yui se le escapó una carcajada.

Sólo cuando ya iban por la calle, Takeshi le insinuó a hurtadillas sus dudas sobre qué contarles a los maestros. Su hija era tan delicada...

—«Delicada» no quiere decir «frágil». Mejor deja que sea Hana la que hable, deja que sea natural, que salga de ella, como hacen los demás niños —sugirió Yui.

Cruzaron la primera de las tres callejuelas que separaban la casa del colegio. La nieta le mostraba con seguridad a su abuela el mapita que había dibujado el domingo anterior.

—Deja que se explique como ella prefiera. Después de la visita a Bell Gardia siempre ha hablado con normalidad, ¿no? —añadió Yui para darle ánimos.

Desde aquel milagroso día en Bell Gardia, durante varias semanas, Takeshi se despertaba con el temor de no volver a oír la voz de Hana: entraba en la cocina retrasando con angustia los buenos días. Ahora le daban ganas de sonreír al recordar cómo el segundo día había llegado a fingir que no la veía, aterrorizado ante la idea de que un error por su parte pudiera romper el encantamiento y devolverla al mutismo. Sin embargo, Hana se había comportado como siempre, justo como se habría esperado de ella.

—Todos la conocerán por quien es, y no por quien era —concluyó Yui, llevándose el índice a los labios para sellarlos en cuanto alcanzaron a la niña.

El perfil de Hana le trajo a Yui la imagen de su propia hija a los dos años, mientras se ponía la mochilita con forma de pingüino que le había regalado su abuela, la expresión radiante con que la llevó sobre los hombros la primera vez, las vueltas sobre sí misma en la habitación en un intento imposible de verse por detrás, como un cachorro que trata de morderse la cola.

Yui se volvió hacia Takeshi y repitió:

—Tranquilo. —Y le dedicó una sonrisa alentadora.

Delante de la verja del colegio decorado de fiesta, bajo las nubes rosa de los cerezos, que soltaban un ramito de flores con cada soplo de viento, Takeshi se convenció de que Yui tenía razón.

50

Dibujo que hizo Hana del trayecto de casa al colegio

51

Una revolución, para Hana lo fue de verdad, porque, no tanto desde el primer día de colegio como desde aquel en que volvió a hablar, en su vida no cambió nada y, sin embargo, todo fue distinto.

¿El marco? Exacto, tal vez era el marco lo que cambiaba. Yui cada vez estaba más presente, para ayudarla con los deberes, decía, para que su padre no se agobiara cuando se le complicaban los turnos del hospital, pero la verdad era que lo hacía sólo porque le gustaba. Y a Hana le encantaba extender los dedos y encontrarla. Si no a la derecha, a la izquierda, a la misma altura que el padre y que la abuela.

Sin embargo, después de un primer momento de gran entusiasmo, esta última se dejó llevar por los celos. Takeshi, que conocía a su madre, se dio cuenta inmediatamente y la invitó a comer más a menudo. «¿Por qué no te pasas hoy por casa?», le decía por teléfono el domingo por la mañana o algunas tardes que volvía antes del trabajo e iban juntos a comerse un *dorayaki* o una crepe en el kiosco al lado de la estación.

Era fundamental que su madre no percibiera a Yui como una rival. A su edad, era impensable regañarla y, cabezota como era, en caso de que se lo hubiera señalado, habría provocado la reacción opuesta: «¿Celosa yo? ¿Por qué tendría que estar celosa? ¿Acaso piensas que Hana la prefiere a ella antes que a mí? ¿O eres tú quien ya no me necesita?»

No, por supuesto, había que evitar aquello a toda costa.

Gracias a aquellas frecuentes invitaciones y a algunas atenciones adicionales (un cojín para la espalda, su marca de *tōfu* favorita), la anciana en efecto se relajó; antes de acostarse o cuando se desvelaba, a veces mantenía largas conversaciones con su difunto marido delante del *butsudan* y le hablaba con detalle de aquella mujer joven que, de tan delgada, no se entendía cómo lograba mantenerse de pie, y que se ponía unos gorros muy bonitos que la favorecían, pero que tenía un gusto un tanto estrambótico para el calzado, siempre deportivo, jamás se ponía un tacón. Pero la trataba con gentileza y, sobre todo, parecía capaz de hacer que su nieta se sintiera bien.

—Suele estar callada, algunas veces durante tanto tiempo que una casi se pregunta si todavía sigue ahí —decía mientras le pasaba un paño al *butsudan*—. Pero luego coge y de repente habla, te juro que nunca te lo esperas, y ves que Takeshi y Hana se paran y la escuchan con muchísima atención. Se quedan ahí concentrados para no perderse ni una sola palabra. Ya sabes lo distraído que es Takeshi cuando se habla, ¿no? Pues en esos momentos me parece volver a verlo de niño, cuando hacía los deberes en la mesa de la cocina. ¿Te acuerdas? Se ensimismaba tanto que no te oía ni aunque lo llamaras.

A la anciana lo que no le entraba en la cabeza era que aquella misma voz pudiera desatarse rauda y veloz en la radio. Un día, por curiosidad, la había escuchado y se había quedado anonadada: le había parecido, a todos los efectos, otra persona.

Mientras la madre de Takeshi buscaba la mejor manera de describírsela al marido, Yui construía su nido como una paloma. En su propia casa, le preparó a Hana el rincón de una habitación, para que la niña pudiera hacer los deberes y jugar cuando ella se ofrecía a recogerla del colegio. Algunas veces se la llevaba incluso a la radio, porque a Hana le fascinaba la idea de hablar por un micrófono. Le parecía magia el hecho de propagar la propia voz hasta lugares muy remotos, de llegar a decenas de miles de desconocidos conectados entre sí tan sólo por aquella misteriosa capacidad de escuchar.

—Como el Teléfono del Viento, ¿no? —había murmurado un día mientras Yui le recogía el pelo antes de entrar en el estudio. Le habían dado permiso para quedarse junto a Yui, a condición de que prometiera no hacer el menor ruido.

—Tú le hablas a la gente, pero no sabes quién te escucha. Sin embargo, entras en su casa y los haces felices.

—Felices no lo sé, pero lo que está claro es que se sienten acompañados.

—Y ¿no es lo mismo?

Sosteniendo las finas trencitas de la niña delante del espejo, Yui se había emocionado.

En medio de aquel ambiente de cuento de hadas, llegó la noticia de que Suzuki-san había enfermado y de que a partir de entonces sería imposible acceder libremente al Teléfono del Viento. Que ahora hacía falta apuntarse mandando un correo electrónico o un fax para que un voluntario, según su disponibilidad, se encargara de recibirte.

Al cabo de pocos días llegó también la noticia del tremendo ciclón que estaba a punto de abatirse sobre Kujira-yama.

52

Extracto del programa radiofónico que la madre de Takeshi escuchó para oír la voz de Yui

«La forma en que incluso individualmente hemos interiorizado la idea de crecimiento, crecimiento de las empresas, crecimiento individual, personal, es algo que, cómo decirlo, pone lo existente siempre en una posición minoritaria respecto al futuro, que tendrá que ser mejor, con más recursos, con más medios, más instrumentos... Pues bien, este modelo que, para el oyente Matsumoto-san desde Shizuoka, es el capitalismo en su sentido más propio, no es... ya no es precisamente sostenible. ¿Qué se puede responder a esto? Usted, ¿qué responde?»

Respuesta de la experta (una tal profesora Satō).

«Profesora Tsubura, hemos tocado uno de los meollos de la cuestión, y es un debate que se prolonga desde hace ya muchas décadas incluso a nivel académico, ah no, y (*con voz impostada, como si citara*) el mercado se autocorregirá gracias a la innovación tecnológica dentro de unas condiciones políticas determinadas, ha dicho la profesora Satō... por lo tanto sería necesario profundizar en cuáles serán estas condiciones políticas y cuáles deberían ser... aunque, en general, los recursos para alcanzar los objetivos de la agenda 2030 se dan dentro del modelo capitalista que nosotros encarnamos, ¿o acaso usted... ustedes, auguran un cambio de paradigma?»

SEGUNDA PARTE

1

Kujira-yama estaba asolada. Durante el ciclón, el viento puso patas arriba la montaña de la Ballena. Parecía casi como si el gran cetáceo quisiera regresar al agua, al océano que un poco más abajo se alzaba en impresionantes olas gigantes. El cachalote se asomaba al mundo, lo reclamaba a voz en grito.

A ojos de Yui, el jardín de Bell Gardia subía y bajaba. Pensó que el punto de no retorno estaba a un paso de ella.

Mientras el cielo se desmantelaba, y pedazo a pedazo iba cayendo, Yui abrió los brazos por completo. Lo hizo por instinto, en contra de todo sentido común. Y en ese momento, fue como si todas las voces transportadas durante los años en Bell Gardia se alzaran en una vorágine para envolverla. Era un remolino de voces, un corro desenfrenado que a toda velocidad le rodeaba los brazos, las piernas.

Creyó incluso verlas, como *hula-hoops* golpeando las caderas de unos niños.

Padres fallecidos, hijos perdidos, antepasados evaporados en la historia y amigos desaparecidos: las voces de todos a quienes a lo largo del tiempo los habían llamado desde el Teléfono del Viento regresaban allí, al lugar que había sido el primero en evocarlos.

Yui perdió el equilibrio, se inclinó para agarrarse de nuevo al banco. En medio de aquel torbellino de violencia desatada, parecía la cosa más firme.

Cuando alzó la vista en busca de la veleta de la casa de Bell Gardia, no la encontró. Tenía las mangas hinchadas por el viento, el aire le rozaba el cuerpo con demasiado ardor. Caricias obsesivas, una detrás de otra, que se transformaban lentamente en empujones accidentales, en golpes precisos y luego en embestidas feroces. Lo había leído en 親指Pの修業時代 [El periodo de entrenamiento del dedo gordo del pie P]: había quien mataba con ese método.

Mientras en los televisores de todo el país la gente seguía con inquietud su evolución, el ciclón alcanzaba su pico.

Encerrada cual gusano de seda en el envoltorio de plástico que le había fabricado, la cabina de Bell Gardia vibraba tanto que daba miedo.

El aire estaba cargado de tierra, levantaba las ramas y las hojas, cosas de las que Yui sólo alcanzaba a distinguir confusamente su volumen. Aquellas líneas quizá fueran tejas, aquellas otras, herramientas de jardinería. Había macetas que rodaban en desorden como gavillas de paja por las vastas praderas americanas, una bolsa de plástico que no se sabía de dónde procedía y que se alzaba cada vez más alto.

Daba la impresión de asistir a una de esas escenas del espacio en las que falla la gravedad y todo se desprende del mundo. El viento hacía que la gravedad sólo pareciera una opción, ya no una regla férrea, sino algo a cuya inexistencia uno podía acostumbrarse.

Todo, pensó, podía venirse abajo.

—No es justo —se descubrió murmurando—. Este lugar es sagrado. —Nadie podía hacerle daño.

Luego, de repente, captó con el rabillo del ojo una luz que se precipitaba, vio unos hilos que descendían por un pedazo de aquel cielo emborronado. Relampagueando espantosamente, se desplomaron apagados sobre la carretera.

Cayeron otros dos postes de la luz, y entonces Yui se asustó.

El estruendo del viento que se abalanzaba sobre la montaña era tal que al mar no se lo oía ni rechistar. Seguramente se estaba agitando como un endemoniado, pero Yui no podía decirlo con certeza. El aire se había convertido en algo tan impregnado de tierra que, a aquella distancia, impedía la visión.

De golpe, incluso el arco que llevaba al sendero del Teléfono del Viento se inclinó y se desplomó en un instante; el gancho de la derecha, el que Yui había clavado primero, también saltó primero. Trató de levantarse para volver a colocarlo, pero todos los músculos de su cuerpo estaban concentrados en el intento de sobrevivir a la embestida y no dejarse arrastrar por el huracán.

Yui vio el destello de otro relámpago, que enseguida se estrelló contra el suelo. Un mar de esquirlas de electricidad crepitó dispersándose en el aire y luego se oyó un ruido delicado, como el de una comunicación que se interrumpía. En algún lugar remoto, se colgaba un auricular y el silencio reinaba de nuevo en una habitación.

Todo se apagó en torno a Bell Gardia, incluso las poquísimas luces que quedaban hasta ese momento. La noche caía sobre el día en Kujira-yama, y también Ōtsuchi, al otro lado de la colina, se precipitaba hacia la oscuridad. El apagón duraría horas.

Yui por fin vio con claridad el riesgo que corría y quizá, por aquel temor ancestral que empuja a las criaturas a temer la oscuridad, deseó por primera vez estar en otro lugar.

Había cometido un error de cálculo. «Sobrevalorarse siempre es un error», le decía siempre su madre cuando era niña, como una cantinela. «Pero subestimarse es sin duda mucho más grave.»

¿Cuál, mamá, cuál de las dos es peor?

2

Posible respuesta de su madre a la pregunta de Yui

—Ya te lo he dicho, Yui, cariño, subestimarse es sin duda mucho más grave.
(Para añadir justo después)
—Pero sólo cuando no se trata de algo peligroso para la integridad física.

3

Una vez que le cambias el rumbo a la esperanza, se pierde por el camino y ya no es capaz de regresar.

Como cuando tiras de un hilo y todo el punto se deshace, del mismo modo Yui de repente dejó de estar convencida de haber tomado la decisión más acertada. ¿Y si le ocurría algo? ¿Cómo reaccionaría Hana? ¿Le perdonaría alguna vez aquella imprudencia?

¿Y Takeshi? ¿Takeshi?

Lo amaba, después de más de tres años ya lo sabía. Y también sabía que él la amaba a ella, puesto que se lo había dado a entender en un sinfín de ocasiones distintas, incluso cuando ella fingía no enterarse de nada, bajaba la mirada o daba rodeos al hablar. Para Yui, estar lista significaba también comprender, y cuando se comprendía, y el otro se daba cuenta, se perdía el derecho a esconderse detrás de un silencio o de una excusa. El silencio acabaría hablando por sí solo, convirtiéndose en una negativa; y aunque Yui no estuviera aún lista para la alegría, para lo que no estaba en absoluto preparada era para el sufrimiento. En el fondo no tenía ninguna intención de decir que no.

Pero es que el sí..., cuánto pesaba un sí pronunciado con convicción. A partir de él se proyectaba una vida totalmente distinta, que empaquetaba la vida anterior para siempre. Caja de cartón, solapa que se dobla, cinta aislante, todo al camión y adiós a la antigua existencia.

Se lo decía a sí misma constantemente, como para dar pasos con pies de plomo: «Hay que estar segura, Yui. Tienes que estar segura.» Algunas veces empezaba a repetírselo desde por la mañana, cuando las ganas de amarlo se volvían inexplicablemente más agudas, igual que el hambre.

Aquellos días el desayuno era más lento, inconsciente, los bocados se demoraban en la boca, el café se enfriaba antes de llevárselo a los labios. Delante del televisor encendido, esperaba la previsión meteorológica hasta dos veces, porque la primera no estaba atenta, así que, para saber si podía dejar que la ropa tendida se secara fuera, en el balcón, o debía meterla en casa, tenía que hacer *zapping* persiguiendo el pronóstico del tiempo.

Eso era para Yui retrasar el amor, hacer que un desayuno durara una hora, cambiar de canal.

Cuando el corazón estaba listo, sin embargo, era un asunto del todo distinto: en ese caso la alusión se esperaba con ansia, y cada día que no llegaba era como alejar lo mejor, algo que ya podías tocar con la punta de los dedos. Como un plato en una mesa puesta cuando te mueres de hambre.

La tarde anterior, mientras Hana dormía, Takeshi les había dado un empujón a las palabras.

Estaban entre la sala de estar y la cocina, él recogía la mesa metiendo poco a poco los platos en el fregadero. Yui preparaba el pequeño *bentō* de la niña.

191

—Hay que comprar bolsitas de *furikake* —había dicho Yui mostrándole el plástico vacío con un Anpanman dibujado—. Ésta es la última.

Takeshi había dejado caer en el agua el plato pintado de Hana y el jabón había subido con una suave lentitud. Una pompa se había escapado flotando en el aire y Yui, divertida, había soplado para alejarla, en dirección a Takeshi.

Él la había mirado:

—Yui, ¿por qué no te vienes a vivir aquí?

Con la distancia de los años, Takeshi seguiría sin ser capaz de explicarse por qué había escogido aquel momento en particular y no otro. Llevaba meses dándole vueltas a la idea, y aun así no decía nada. Lo había planeado como se planifica una casa en la que se sueña con vivir en ella mucho tiempo: la entrada espaciosa, la pendiente difuminada hacia el salón, el baño luminoso.

Apreciaba a Yui, su amistad, más allá de todo lo que podrían llegar a ser. Habría captado de antemano las señales de un eventual rechazo, jamás se habría precipitado con una frase difícil de retirar.

Y sin embargo.

Y sin embargo, allí estaba aquella frase desmesurada, entre la cocina y la sala de estar.

Los largos palillos de madera se habían quedado en el aire, suspendidos, con un bocado de *tōfu* y patata, y a Yui le había costado recordar adónde se dirigían sus movimientos: el arroz, las fresas recién cortadas, las galletas con forma de conejo, las tiras adhesivas para sujetar los bordes de la tapa del *bentō*.

—Vivir aquí —había respondido Yui sin preguntar. Lo había hecho más bien para no equivocarse, apoyándose en el eco de la frase de él.

—Tu lugar está con nosotros. Somos una familia; tú, yo, Hana y hasta *Tora*. Lo único que nos falta es formalizarlo.

Takeshi se había acercado a ella por detrás, cubriéndole el cuerpo delgado como el hueso cóncavo de una concha. En el contacto entre sus escápulas y el pecho de él, Yui se había percatado con nitidez de la metamorfosis en marcha.

Se transformaban en árbol, madera y corteza. De la piel despuntaban largos rizomas, se sucedían naturalmente los brotes, y florecían sin parar pequeños impulsos precisos que conectaban el cuerpo de uno con el del otro.

Una metamorfosis como aquélla sólo ocurría una vez en la vida.

Takeshi la había abrazado con abandono, apoyando la cara en el cuello de ella, repitiendo como un arrullo: «*Suki, Yui no koto ga suki.*»[2]

—Eres, junto a Hana, lo más importante de mi vida —había murmurado Takeshi, bajando la voz un poco más—. Me voy a la cama; tú, consúltalo con la almohada. Ya hablaremos mañana, si te apetece.

Sin ni siquiera darle un beso, había sellado así la conversación.

En ese instante Yui se preguntaba si aquella inmensa promesa de felicidad no le habría dado miedo, si aquello no habría sido también la razón por la que había huido en mitad de la noche y había ido directamente a Bell Gardia, exponiéndose de esa manera al peligro de aquel letal ciclón.

---

2. «Te amo, Yui, te amo.»

No, rechazó la posibilidad, no había sido el miedo, sino más bien lo contrario. Se había sentido tan feliz de obtener la confirmación, de que era amada y de que ella también amaba, que había creído que ese sentimiento la protegería.

4

Contenido del bentō *de Hana que Yui preparó aquella noche*

Arroz hervido (de la variedad *koshi-hikari*).
Dos trocitos de brócoli hervido.
Dos pedacitos de berenjena al vapor.
Un champiñón.
Una croqueta de patata y harina de trigo.
Dos bocaditos de *sanma* en salsa de soja.
Una bolsita de *furikake* al salmón con el dibujo de Akachan-man.

Aparte: una magdalenita de plátano, dos galletas con forma de conejo, seis fresas cortadas, un yogur natural.

Nota: de la emoción se olvidó de meter en la bolsa tanto las fresas como la magdalena. También rompió la oreja derecha de uno de los conejitos.

5

Alrededor de Yui el viento seguía desbaratando las cosas, las sacaba a golpes de lugares seguros. La materia del mundo se lanzaba a la lucha, como los seres humanos cada despertar. Como la gente que solía encontrarse en los amaneceres de Tōkyō, arrugada, a menudo extenuada antes incluso de que el día se pusiera oficialmente en marcha.

Y mientras el cielo de Kujira-yama le vomitaba encima toda su furia —y Yui pensaba que a aquel cielo nadie le sujetaba la frente— deseó estar en otro lugar. Junto a Takeshi, a salvo entre sus brazos, con la pierna de Hana apoyada en la suya, como cuando hojeaban juntos en el sofá libros de cuentos y álbumes ilustrados, y parecían amontonarse unos encima de otros para calentarse como los monos de Hokkaidō, que tanto hacían reír a la niña.

Los *brazos* de Takeshi, una *pierna* de Hana.

¿Y si, además de aquella torpe declaración de amor, Takeshi le hubiera confiado un pedazo de su cuerpo? ¿Si él también, sin saberlo, le hubiera entregado un pie, un hígado, una arteria del corazón?

196

¿Y si también Hana, apretándole fuerte la mano cuando volvían de la escuela, le hubiera depositado a escondidas en la palma uno de sus ojos color miel o el lunar que tenía encima del ombligo, o el cutis? ¿Qué harían si Yui también desaparecía? Aquel pensamiento la zarandeó. Habría querido refugiarse en alguna parte, en el cobertizo de la casa de Suzuki-san, o de la anciana y su perro. Pero era demasiado tarde. Si se soltaba se exponía al peligro de salir volando, como la niña de los zapatitos rojos del Mago de Oz.

Y mientras se veía, ridícula, revoloteando como un juguete roto en el aire, en caída libre hacia los bosques que se aferraban a la colina, o hacia abajo, en dirección al mar, Yui se dijo que así debía de haber nacido el mundo, a partir de todo aquel revoltijo. Hasta los tsunamis tenían que existir por un motivo concreto. Mezclaban el cosmos, igual que los terremotos, las inundaciones, los desprendimientos y los corrimientos, todo cuanto era un desastre para el hombre, todo lo que lo mataba, lo quemaba, lo ahogaba o lo extraviaba, salvaba el equilibrio del mundo.

En ese momento, Yui se esforzaba por pensar en qué consistía la tormenta. Era su forma de matar el tiempo. Porque al cabo de sólo una hora, seguro, el ciclón se cansaría de apretar la suela sobre aquel punto exacto de la Tierra. Ella se descubriría tal vez herida, puede que hasta sangrando por lugares que ni sospechaba, pero sana y salva.

«¡Estoy bien, no me ha pasado nada!», exclamaría yendo al encuentro de Hana y de Takeshi. Los tranquilizaría sobre todo con el hecho de que los pedazos de su cuerpo que le habían entregado estaban a buen recaudo. Y luego se lo prometería, que la próxima vez se acordaría, que ser amados comporta una enorme responsabilidad, por lo menos tanta como amar en primera persona.

De repente se produjo un estampido furioso. Yui sintió un violento golpe. Algo se derrumbó.

A continuación, se alzó un silbido remoto, una suerte de canto lúgubre que provenía de muy lejos.

Empapada, unida a nada más que el ridículo peso de su propio cuerpo, Yui se quedó en el suelo.

Los brazos se habían soltado, tenía el rostro flácido.

A partir de ese momento quedó al arbitrio del viento, zarandeada como una caja vacía.

6

Lo último que pensó Yui antes de desmayarse

«Oh.»

El antídoto contra el veneno es el veneno.

Fue el viento, su increíble furia, lo que salvó a Bell Gardia.

En breve se convirtió en leyenda, que la mujer que había ido a defender el Teléfono del Viento acabó también siendo defendida por él. Se dijo que se salvó gracias al aliento de aquellas decenas de miles de personas que habían acudido hasta allí para invocar a sus muertos. O gracias precisamente a estos últimos, que, aunque nadie pudiera oírlos, respondían a los vivos con un soplo o una caricia. Otros sugerían que se debió a una mezcla de las dos cosas, unida a la presencia natural del viento en la colina de Ōtsuchi.

Todo lo que se amontonó hizo de muro contra el ciclón y la protegió.

La zona se quedó sin agua ni electricidad hasta por la noche. Se produjo un desprendimiento que transportó valle abajo centenares de pinos de un bosque, las lluvias devastaron los campos de la zona al otro lado de la montaña, más hacia el oeste se vieron casas con la entrada hasta arriba de fango, ancianos evacuados por helicópteros de protección civil, camillas para las personas que habían sufrido graves accidentes domésticos a causa del apagón; desaparecieron numerosos perros y gatos, hubo coches volcados por el viento, un camión y todo su cargamento de miel procedente de Aomori se derramó en la autopista perfumando de fruta el doble carril.

Cuando por fin encontraron a Yui, todo a su alrededor estaba patas arriba.

El tejado había cedido, buena parte de las tejas se habían soltado, desperdigándose por el huerto y dañando las matas de berenjenas y las cañas de los tomates.

El viento había arrancado de cuajo la cabina, que se había volcado, pero no había sido eso lo que la había golpeado. Más bien se había situado como un escudo entre Yui y la tierra desperdigada, que volaba vertiginosamente por el aire lleno de fragmentos.

Así se había quedado, cubierta por un tejado de plástico y hierba, en un resquicio entre el banco y la cabina: los dos parecían haber renunciado a una de las capas con las que Yui los había envuelto para cedérsela a ella. Gracias a aquellas dos tapas cercanas, Yui quedó protegida de los escombros.

Habría bastado con un azote más del viento para que la cabina la embistiera o el banco, al inclinarse, la aplastara, machacándole fatalmente la cabeza. Y, sin embargo, Yui estaba herida, pero no como dadas las circunstancias hubiera sido lógico que lo estuviera.

Fue Keita, el estudiante que vivía en el pueblo de al lado, quien la encontró. Preocupado también por el estado de Bell Gardia, había esperado a que pasara la fase más destructiva del ciclón y luego, frente a la rotunda nega-

201

tiva de su padre a permitir que fuera solo, había aceptado que lo acompañara en coche.

Al chico lo sorprendió inmensamente el aspecto general del jardín. No sólo por la confusión de verde y marrón y los restos de cosas, sino porque le pareció que todo lo que importaba, es decir, todas las partes que componían la geografía de Bell Gardia y del Teléfono del Viento, estaban enredadas en una telaraña. Daba la impresión de que un experto arácnido hubiera apuntado a su presa, la hubiera dejado inconsciente y luego se hubiera preocupado de envolverla en su seda para conservarla intacta, detenida en el momento de la captura.

El arco se había caído, igual que la cabina, que ahora estaba tumbada en paralelo al banco, pero todo lo demás parecía haber resistido.

En ese momento, el padre de Keita gritó:

—¡Eh, aquí hay alguien! ¡Corre!

Y así fue como encontraron a Yui.

Presentaba un amplio hematoma en la cara, algo debía de haberla golpeado con brutalidad. No obstante, la respiración era regular, también los latidos.

La cargaron con cautela en el vehículo y enseguida se pusieron en marcha. Keita conducía atento a la carretera, esquivando las ramas caídas y las piedras; algunas veces incluso tenía que bajarse del coche para retirarlas. El viento todavía era potente y de camino al hospital el follaje del bosque se agitaba a izquierda y a derecha, como si estuviera borracho.

En el asiento trasero, su padre sostenía la cabeza de Yui y pensaba cómo le explicaría el hallazgo de la mujer al médico de Urgencias, la inclinación del cuello, la sangre cuajada del tobillo, la postura arqueada del brazo, que tal vez se había dislocado. A veces intentaba despertarla, llamándola por el nombre que su hijo se sabía de memoria: Hasegawa-san. Aunque Yui, dijo Keita, era el nombre que empleaba Suzuki-san.

Durante todos aquellos años, le había dado la impresión de que se trataba de una persona bastante apacible, silenciosa; desde el borde de la finca de Bell Gardia, la joven contemplaba el entrante de mar que se entreveía desde allí; mordisqueaba chocolate y siempre vestía de rojo.

El padre de Keita bajó la mirada a la falda de Yui, que en efecto era roja y acampanada, a la camiseta ceñida, toda embadurnada de barro y de hojas a las que antes no había prestado atención; sólo había notado que había cedido y estaba desgarrada.

—Pero ¿qué hacía allí, con este tiempo? —seguía preguntando el hombre, incrédulo ante la idea de que un cuerpo tan delgado, ahora lleno de lesiones, hubiera llevado a cabo una labor titánica como aquélla.

Aun así, lo había envuelto todo con esmero, con una capa de plástico y cinta aislante, cada pedazo fijado al suelo. Tenía que haber sido ella, ¿quién si no?

8

Nombre y apellido completos de Yui

Hasegawa 長谷川
Yui ゆい

Nota: el nombre de Yui lo eligió su madre en *hiragana* para augurarle «una vida sencilla y armoniosa».

9

—Yui venía a Bell Gardia todos los meses —siguió contando Keita—. Había perdido a su hija y a su madre en el tsunami de 2011.

—Qué barbaridad —murmuró su padre, y de forma instintiva acarició con el dorso de la mano el rostro de aquella mujer que descansaba en sus rodillas.

Sí, era muy triste, aunque por otra parte toda la gente que visitaba el jardín de Suzuki-san tenía una historia parecida («Incluido yo, ¿no?»). Lo que en realidad no significaba en absoluto que se tratara de gente deprimida o desmoralizada. Al contrario, allí había tenido la oportunidad de conocer a personas interesantísimas.

—Además, a gente feliz de verdad, plenamente feliz, ¿tú alguna vez has conocido a alguien así? Yo diría que no.

—Seguro que hablar con su madre y su hija la consuela mucho...

Ahora que se paraba a pensarlo, Keita nunca la había visto entrar en la cabina.

—No sé si alguna vez ha llegado a hablar con ellas.

En vez de eso, deambulaba por el jardín, recorriendo las veredas una y otra vez y agachándose para acariciar las plantas. A menudo cruzaba el arco levantando la vista hacia la campanilla que tintineaba encima de su cabeza, observaba con curiosidad los brotes y las yemas. Escuchaba el viento, decía.

—Casi siempre está callada, pero cuando habla a veces dice cosas muy graciosas. Una vez nos confesó que, cuando piensa de verdad en algo muy intensamente acaba diciéndolo en voz alta, sin darse cuenta, y que la gente la toma por loca —dijo Keita riendo.

—¿Sabes que tu madre también lo hacía? Cuando estaba absorta en sus pensamientos, a veces movía los labios e incluso se oía lo que decía. En el tren a la gente no siempre le hacía gracia tenerla cerca —replicó el hombre, compartiendo las risas con su hijo.

El padre de Keita sabía que la relación con su mujer ya estaba acabada cuando ella murió, pero de ese modo en que las parejas sobreviven durante cincuenta años. Sin embargo, su hijo no habría entendido el alivio de amar un poco menos cuando sobreviene la ruptura.

El reajuste total aún estaba por llegar, pero el padre de Keita no había sufrido tanto como podía pensarse. Sin embargo, el sentimiento de culpa se le había encendido como el foco de un escenario y rodeaba el punto preciso en el que ella había estado y ahora ya no estaba.

En ese momento se había jurado demostrar cada día su afecto por su difunta esposa, para así explicarles el amor a sus hijos. Durante un periodo, el que acababa de dejar atrás, había llegado a temer que la actuación lo convenciera, que en la simulación acabara volviéndose a enamorar de verdad.

Se había descubierto con el corazón destrozado por las noches, soñando con la chica que había conocido aquel verano de sus dieciséis años, en la playa a la que había arribado herido, aunque sonriente, por el montón de erizos que había recogido en aquel mar que los dos frecuentaban desde niños.

La secuencia, que concluía con ella curándolo y con aquel primer beso, el único que hasta entonces le había dado a una mujer que no fuera su madre, se reproducía noche tras noche, siempre idéntica.

—Para que le diera tiempo a acabar con semejante tarea, ha debido de llegar esta mañana muy temprano —añadió Keita, desconocedor de los tormentos secretos de su padre. Seguía pensando en el asombroso trabajo de Yui, en su tenacidad, a pesar de tener un cuerpo tan enclenque. La araña que con su seda había protegido Bell Gardia era ella.

—Ahora que lo pienso, ¿te has fijado en el coche que había aparcado delante del jardín? —Y al acabar la frase, Keita por fin se percató de lo que desde el primer momento le había hecho considerar insólita toda la situación: Yui estaba sola, Takeshi no se encontraba con ella.

Le costó describir a su padre aquella sensación un poco fuera de foco, como de algo que era posible pero que al mismo tiempo le parecía un error.

—Siempre viene con un hombre, Fujita-san —dijo—. Creo que nunca la he visto sin él ni a él sin ella. Es extraño, hacen el viaje juntos en coche desde Tōkyō, siempre.

—¿Desde Tōkyō? ¡Pero si está lejísimos! —exclamó con enorme sorpresa el padre de Keita.

Buscó en el rostro de Yui los signos de la capital, de aquella ciudad que engullía todo Japón y donde también él, durante los cuatro años en que estudió en la universidad, había vivido, experimentando fases alternas de alegría e irritación por el mar de personas con que se cruzaba por la calle.

Empezó a rebuscar en los bolsillos de Yui, con el pudor que se siente al tocar el cuerpo de una mujer que no nos es familiar. Presa del desasosiego, no se le había ocurrido buscar su móvil.

—Tenemos que avisar a ese hombre, sin falta. ¿Tienes su número?

—Tal vez Suzuki-san lo tenga, pero yo no. Y Suzuki-san está ahora en el hospital, ¿recuerdas? Así que no sé.

—No lleva nada encima, el bolso se habrá quedado probablemente en el coche, junto con sus documentos. Hay que volver a buscarlo.

—Ya iré yo. Pero luego, mientras la reconocen en el hospital.

—¿Estás del todo seguro de que él no estaba también en Bell Gardia?

—No, al menos no en el jardín. De lo contrario, lo habría visto. En otro lugar de Kujira-yama no lo sé. Hay que llamarlo pronto para comprobarlo.

10

La sensación que Keita experimentó aquel día y que le costó describir a su padre (1), que curiosamente se parecía a la percepción que Yui tenía de la nostalgia, y las situaciones en que la sentía más fuerte (2):

(1) «Como de algo que no está perfectamente alineado, pero que está derecho, algo que quizá ves y te parece correcto, pero que siempre aparece fuera de foco, un poco más a la derecha o a la izquierda de donde estás mirando. Algo que en teoría es correcto, pero que sigue pareciéndote equivocado.»

(2) «Cuando alguien, después de fumar, tira la colilla al suelo. Cada Año Nuevo, desde que murió mi madre, cuando el sabor del *o-seichi ryōri* es bueno, incluso buenísimo, pero distinto. Cuando mi hermana se pintarrajea los labios antes de salir y parece una mujer. Cada vez que alguno de nosotros vuelve a casa y no se oye a mamá decir: *okaerinasai.*»

11

Takeshi se enteró tarde de la desaparición de Yui.

Llevaban días hablando con preocupación del estado de salud de Suzuki-san, del intercambio de correos electrónicos que habían mantenido con la mujer de éste. No acababan de saber cómo estaba de verdad, si se trataba de un trastorno pasajero o de algo más.

Takeshi había visto a Yui sinceramente alterada ante la idea de que Bell Gardia no pudiera visitarse más, de que alguien a quien tal vez le hubiera servido no pudiera ir.

Bell Gardia te salvaba la vida, era necesario que fuese accesible, siempre, repetía Yui.

Pero los seminarios que se organizaban en Bell Gardia tenían precisamente esa finalidad, ¿no?, reponía Takeshi, hacer que las personas no dependieran de un lugar, desvincularlas de lo concreto. Si aprendían a separar la idea de la cosa, podrían montar una cabina privada en el jardín de su propia casa, o incluso un buzón donde introducir cartas sin dirección.

Eran las diez de la noche cuando encendieron la televisión. Lo hicieron sólo para consultar el parte meteorológico, para saber si podrían tender la colada dentro o fuera, si llovería y tendrían que sacar las botas de agua de Hana; «el ciclón pasará por aquí de forma marginal, lo han dicho esta mañana».

Un hombre con un impermeable y un micrófono amarillo en una mano, y tratando de sujetarse la capucha con la otra, ilustraba con gestos y palabras el ciclón inminente ocupando el rectángulo a la derecha de la pantalla; en el de la izquierda, en el plató, un periodista serio y de sonrisa estirada señalaba un recuadro lleno de líneas con el puntero. La mera superposición de imágenes, el corresponsal empapado y el presentador impecable en el estudio, parecía una crueldad.

«¿Quién protegerá Bell Gardia?», había preguntado Yui con voz nerviosa.

Sin saber muy bien qué responder, Takeshi había comentado que, aunque el jardín sufriera daños, después lo repararían, que estuviera tranquila. Lo habían hablado un montón de veces, ¿no? Que aunque fuera otro teléfono, en un lugar distinto, lo que importaba era el símbolo y no el objeto.

Yui había hecho un gesto vago, sí, lo entendía, pero aun así no pareció sosegarse. Entonces Takeshi había cambiado de tema y se había puesto a hablar sobre la compra que tenían que hacer, después comentó la absurda obsesión de su madre por las alfombras con las que llenaba la casa, los felpudos de flores en la sala de estar y los de rayitas en el baño. Luego se había puesto a recoger la mesa, enumerando los siguientes turnos del hospital, las indiscreciones del nuevo jefe de servicio que sería sustituido en abril.

Luego, mientras Yui preparaba el *bentō* para Hana y él estaba detrás de ella, le había soltado aquella frase explosiva.

No le había dicho exactamente qué era lo que amaba de ella, puesto que las cosas que amaba de Yui eran muchísimas, y no era sólo por cómo trataba a Hana, lo que desde luego era una parte importante, sino que en sus sentimientos había rastros que llevaban a ella y sólo a ella. El enfoque siempre práctico de su conversación, por ejemplo, aquella forma sensual de echarse atrás el pelo, como si lanzase una ola; el modo en que acompañaba con ambas manos las puertas de las habitaciones y de los armarios, su tono de voz siempre moderado.

A pesar de que siempre había amado a mujeres más entradas en carnes y de naturaleza más alegre, encontraba en la figura flaca de Yui, en las líneas claramente visibles de su osamenta, una especie de mapa. Mirar su cuerpo, sobre todo en verano, era reconocer los huesos, aprender dónde se interrumpía uno y empezaba otro, dónde se iniciaba una vena y dónde confluía con otra.

Y sin embargo le había dicho sin más que la amaba, repitiendo obsesivamente aquella única palabra: «*suki*».

¿No se habría equivocado?

Ella había sonreído, pero sin dejar entrever el menor indicio de lo que sentía, y él había temido la resistencia de quien, tras un duelo importante, se ha desligado de todo y se ha acostumbrado a rehuir la alegría. No obstante, se había negado a ser pesimista. No, cuanto más lo pensaba, más se decía que había que tener confianza. El amor es una cosa que convence, a la larga.

Se había quedado dormido cavilando sobre la oportunidad que tendría a la mañana siguiente de mostrarse seguro, tal vez posando su mano sobre los pequeños dedos de ella y mostrándose contento de encontrarla allí con él a la hora del desayuno. Le habría encantado que aquello sucediera cada día.

12

Detalles de la escena de la declaración de Takeshi a Yui

De fondo recorrían la pantalla los títulos de crédito de una de las tres películas preferidas de Yui: *Deseando amar* (2000), del director Wong Kar-wai. La primera palabra de Takeshi coincidió exactamente con la aparición de los créditos de la fotografía.

Takeshi vestía unos vaqueros finos de Uniqlo y una camiseta negra donde se leía DART FENER. Yui, un chándal con la cara redonda de Rilakkuma, regalo de Hana por su cumpleaños.

Los dos estaban descalzos.

Nota 1: el cumpleaños de Yui era el 23 de junio.
Nota 2: *Star Wars* era la saga favorita de Takeshi.
Nota 3: la camiseta de Takeshi no se la había regalado nadie, se la había comprado él.

13

Muchas horas más tarde, llegó al hospital Shio, el joven que siempre llevaba la Biblia encima, que los reconoció y se acercó. Hacía ya mucho que no se dejaba ver por Bell Gardia, y Takeshi y Yui se habían preguntado si por casualidad, en las conversaciones con Suzuki-san, no se les habría escapado algo inoportuno y por eso Shio los estaba evitando. Las palabras tranquilizadoras de Suzuki-san no los habían convencido del todo. Ambos conocían el temor a despertar la compasión de los demás y la consideraban una sensación deprimente, peor aún que la pena que uno podía sentir por sí mismo.

Durante aquellos meses, Shio simplemente había empezado a notar que su padre estaba cambiando. No habría sabido decir cómo evolucionaba exactamente la cosa. Parecía que se marchitaba. Y cuantos más signos de abatimiento daba su padre, más decidido estaba él a presenciar cómo acababa aquello. No lo perdía de vista ni un instante, quería estar presente cuando ocurriera.

De la noche a la mañana al hombre le había entrado una fiebre muy persistente, que subía y bajaba. Nadie se había atrevido a llamar a un médico. Él había insistido en que lo dejasen en paz, aunque gritara. Shio estaba de acuerdo: había que respetar las decisiones de la vida.

El hombre había delirado durante una semana, y la sorpresa más extraordinaria que todos se habían llevado era que aquel cuerpo, que se había blanqueado e hinchado tras el desastre, todavía fuera capaz de emitir una voz tan cristalina, con aquellos timbres que dominan el mar y conjuran las olas.

De día confundía las cortinas de casa con las velas de una embarcación, la puerta corredera de la *fusuma* con un lateral de la cabina de navegación de su vieja barca. Sus tías entraban en la habitación envuelta en penumbra para llevarle la bandeja en la que colocaban con cuidado una comida frugal. Pero él ni siquiera la probaba y, si antes su jornada se reducía a contemplar el paso de las horas y a comer, ahora estaba adelgazando a ojos vista. «Se está suicidando, tiene que comer algo o se morirá de hambre», susurraban taciturnas las mujeres cuando por la noche iban a recoger la bandeja llena de comida pasada después de todo un día allí.

Pero luego había llegado el ciclón, el viento había producido un estruendo infernal, y una maceta al caer había roto la ventanilla del baño, causando un enorme desbarajuste.

—¡Regresan los muertos! —gritó el enfermo, y todos cuantos estaban en casa se taparon los oídos, porque daba miedo oír aquello.

Fuera todo chirriaba, rechinaba, parecía el canto desafinado de una orquestina que pasaba, cuya melodía se iba distorsionando a medida que se alejaba.

Con el siguiente estallido de cristales, esta vez de la puerta de entrada, y el ir y venir de pasos frenéticos para hacer retroceder a aquel viento endiablado, las ramas y el barro, el padre de Shio se había levantado y había ido

215

a ver qué pasaba. Acostumbrados a no prestarle atención, nadie se había dado cuenta de que el hombre había vuelto a ver (ver, de verdad) todo lo que tenía delante.

Si el diluvio universal del Génesis lo había destrozado, este nuevo diluvio era como el bautismo del Nuevo Testamento, que en vez de empujarlo a la muerte lo había despertado.

El padre de Shio rompió a llorar con fuerza, se acurrucó como un gato y siguió temblando. Lloraba con todo el cuerpo, con los ojos, con la espalda, con la garganta, y no se lo oía hacer algo así desde que Shio era niño y su madre se estaba muriendo, que era para él como si el palo mayor se cayera.

—Sigue llorando —les contó ahora a Takeshi y a Yui—. Nadie consigue que deje de llorar, y sigue disculpándose, pero está mucho mejor, se nota.

Yui estaba tendida en la cama con un amplio vendaje alrededor de la cabeza y esparadrapos en los brazos, que sobresalían entre las sábanas. Viéndola así, plácida y alegre, el hospital parecía su casa; Takeshi, de pie junto a ella, el huésped invitado a tomar el té.

—El jefe de planta ha dicho que habrá que hacerle unos exámenes neurológicos, pero me ha parecido bastante optimista —prosiguió Shio mirando a sus amigos de antaño.

Estaba eufórico desde hacía unas horas, precisamente desde el momento en que se había sentado en la cama de su padre y se había inclinado sobre su pecho para auscultarlo. El hombre había intentado quedarse lo más quieto posible, pero aun así no se había resistido a la tentación de acariciar las mejillas de su hijo. Como si lo viera por primera vez después de años, había susurrado: «Cuánto vales.» Shio se había apresurado a abotonarle de nuevo la camisa y había parpadeado rá-

216

pidamente para disimular las lagrimitas que se le habían saltado.

—¡Qué bien, Shio, qué alegría! ¡Fantástica noticia! —exclamó Takeshi con entusiasmo.

A causa del ciclón había tardado un día en llegar, si bien mientras tanto Yui había despertado y había recitado de memoria su fecha de nacimiento y el número de teléfono de Takeshi. Había preguntado en qué estado se encontraba Bell Gardia y Keita la había tranquilizado: al cabo de un par de días todo volvería a estar como antes.

Takeshi estuvo a punto de sufrir un ataque de pánico cuando recibió la llamada de Keita. Aún le costaba creer que todo se hubiera resuelto de aquella manera. Se dijo que seguramente había agotado de golpe toda la suerte que le correspondía en vida.

Poco antes de que Keita, su padre y Yui llegaran en coche a la explanada de Urgencias, el ciclón se desvaneció en el océano. Después de un primer claro, que mostró una extensión infinita de celeste más allá del tupido manto de nubarrones, la luz siguió cayendo del cielo copiosa y ensanchó minuto a minuto la grieta. Al fin se hizo de día.

Los niños, inquietos después de pasar tantas horas dentro de casa, se asomaron a la ventana y vieron las nubes altísimas escapar hacia oriente.

El desplazamiento aún duraría horas y las temperaturas subirían de pronto. El aire se llenaría de humedad.

Al volver del colegio, ajena al peligro que había corrido Yui, Hana le escribió a su padre que en Tōkyō parecía que había vuelto el verano, los fuegos del *o-bon*. Takeshi le contestó que allí pasaba lo mismo: más allá de los alféizares, en el jardín que rodeaba el hospital, las últimas cigarras retomaban su ensordecedor canto.

· · ·

Al día siguiente, poco antes de que a Yui le dieran el alta y reemprendiera el viaje, fueron a visitarlos Keita y su padre. Solícitos en sus gestos, se interesaron minuciosamente sobre el estado de salud de Yui. Al haber participado de su rescate en primera línea, se sentían en la obligación y en su derecho de saber más que el resto.

Los acompañaba Naoko, la hermana de Keita, una joven de expresión terca y mandíbula tensa que no dijo esta boca es mía. Su padre no cometió el error de disculparse por ella ni de animarla a hablar, lo que distendió el ambiente.

Al cabo de poco, llegó también Shio, con aquel rostro distinto y la bata blanca revoloteándole a los lados como si fueran alas.

—¡Aquí estamos! —exclamó, y el plural se materializó ante sus ojos en la persona de Suzuki-san, que apareció detrás de él, seguido por el rostro contenido de su esposa.

De repente se oyó un coro de expresiones de sorpresa y preocupación: «¡Suzuki-san!», «¿Cómo está, Suzuki-san?», «Pero ¿no tendría que guardar reposo?»

Estaba bien, muy bien, había sido una pequeña indisposición, nada serio. Habían temido que fuera una enfermedad mucho más grave, pero los análisis habían disipado cualquier duda.

—Tan sólo un gran susto, la verdad —aseguró.

Su esposa, que estaba a su lado, se disculpó largo y tendido con Yui y con todos por haber dejado que se preocuparan tanto. Cuando redactó el mensaje en el sitio web estaba angustiada; debería haberle dedicado más tiempo y cuidado. No era ducha en aquellos menesteres, y por desgracia se había equivocado.

Lo recalcó, incapaz de contener la emoción. El marido le rodeó los hombros con fuerza, pero ella seguía inclinándose y repitiendo «*gomennasai*» y «*mōshiwakearimasen deshita*»: «Disculpen», «Les ruego que me perdonen».

No era necesario disculparse, de verdad, la interrumpió Takeshi; Yui le tenía tanto cariño a aquel lugar que probablemente habría ido de todas formas.

—Es cierto, he sido una inconsciente. Usted no tiene nada que ver, se lo aseguro —añadió Yui acercándose a la mujer—. La mera idea de que pudiera ocurrirle algo a Bell Gardia, al Teléfono del Viento, y a todo lo que en estos años han construido ustedes para nosotros, casi me hizo perder la cabeza. ¡Discúlpenme todos! —añadió, inclinándose ante el involuntario público.

A ella, que ya no se atrevía a conjugar nada en tiempo futuro, el futuro se le había puesto por delante, dijo finalmente. En eso consistía la magia de Bell Gardia.

Ante aquella constatación todos habían asentido, conmovidos, con la excepción de la hermana de Keita, que, incomodada por aquel extraño ambiente que no llegaba a comprender del todo, había mirado por la ventana al exterior, donde ahora reinaba la calma.

—Él igual —dijo el padre de Keita refiriéndose a su hijo—, ya no hacía planes, y yo se lo decía, que era raro, que a su edad se tiene toda la vida por delante.

El muchacho asintió, aunque se notaba que quería cambiar de tema.

—Todos nos hemos encariñado, cada uno a su manera, de Bell Gardia —intervino Shio—. En estas últimas cuarenta y ocho horas han llegado centenares de correos electrónicos de personas que han visitado el jardín y estaban preocupadas por el ciclón. Tardaremos días en contestarlos todos.

Esta vez el «nosotros» implícito abarcaba a todos los que se encontraban en la habitación, que al estar tan llena parecía haber disminuido de tamaño.

Al pasar por delante, la gente lanzaba miradas de curiosidad a aquella congregación de voces. Poco después se asomó una enfermera para despedirse de Yui y, con palabras corteses, los invitó a todos a salir de la habitación.

—Es verdad que somos demasiados —indicó bromeando Suzuki-san—. O alguien se anima a descorchar una botella de champán y montamos una fiesta o, de lo contrario, será mejor que nos marchemos de aquí.

14

Breve conversación que Yui y Takeshi mantuvieron en el coche acerca de la hermana de Keita

—Me ha parecido una chica tranquila.

—Más bien estaba cortadísima.

—¿No la veías tranquila?

—Es difícil saberlo. A esa edad, los chavales son indescifrables, excepto cuando se juntan entre ellos.

—A mí todos los adolescentes me parecen la encarnación de aquel principio surrealista... Espera.

—¿Cuál?

—Espera, no me acuerdo. Era algo así como: «Sólo lo asombroso es bello.»

—¿En el sentido de «extremo»?

—Sí, o todo es blanco o negro, precioso o asqueroso. Esa edad es así, no hay medias tintas.

—¿Y tú cómo eras de adolescente?

—Como todos los demás: sin medias tintas.

—Quién sabe cómo será Hana de adolescente...

—Como todos los demás: sin medias tintas.

15

Mientras Shio acompañaba a sus amigos a la salida, escudriñó las caras entre el ir y venir de pacientes, enfermeros y camillas. Observó a Takeshi, que aligeraba a Yui del peso del bolso con una mano y con la otra le estrechaba los dedos; vio a la hermana de Keita, Naoko, señalar las últimas nubes que se movían ya a paso lento por el cielo; se despidió de Suzuki-san y de su mujer con la mano y luego se la puso en la cadera mientras las puertas automáticas se abrían y se cerraban delante de él.

—¿Amigos? —le preguntó a su espalda una enfermera con la que Shio a menudo quedaba para comer.

—Sí, personas con las que tengo muchas cosas en común.

—Qué bonito —se limitó a apostillar ella—. ¿Has acabado aquí? ¿Me acompañas al comedor?

Shio asintió y, mientras caminaba junto a la chica, se sacó Job del bolsillo.

También en el hospital estaban al tanto de su obsesión por la Biblia. Justo aquella enfermera, después de un primer momento de incredulidad («Pero ¿eres cristiano? Ah, ¿no? Entonces ¿por qué lees la Biblia?»), le había dado la idea de comprarse una nueva, dividida en prácticos volúmenes, de forma que pudiera llevarla encima a cualquier sitio. Así que, después de haberla leído entera, ahora Shio la abría al azar, como a la espera de una revelación.

—¿Qué dice hoy tu Biblia? —le preguntó ella con voz serena, cruzando la puerta del comedor—. ¿Hay alguna revelación para mí también?

No se burlaba de él, sólo le preguntaba. Ella también estaba convencida de que las palabras, las que se oían o las que se leían (no necesariamente en la Biblia sino en cualquier parte), llegaban a las personas por casualidad, pero no sin un propósito.

Por otro lado, ella admitía ingenuamente leer con voracidad todos los horóscopos que caían en sus manos, aunque no creyera en ellos, y, en cualquier caso, las dos cosas (las predicciones y la Biblia) no le parecían muy distintas.

—Bueno, ¿qué? ¿Has encontrado algo bonito?

—Veamos —murmuró Shio pensativo.

La joven dejó su bolsito en una esquina de la larga fila de mesas y taburetes.

—¡Lo tengo! —exclamó Shio—. Escucha esto. —Y enseguida leyó—: «Me llegó una palabra furtiva, escuché su suave susurro.»

—Mmm, qué bonito —comentó la chica—. Aunque para mi gusto tal vez un pelín demasiado poético.

Y mientras ella, con su uniforme rosa palo, se dirigía de nuevo a la entrada del comedor para estudiar el menú, Shio cayó por primera vez en la cuenta de que «viento» era una palabra importante en aquel libro. Era el abismo primigenio, era lo que había llevado las langostas a Egipto, pero también lo que había separado las aguas del mar Rojo. Recordó en el Primer libro de los Reyes el encuentro de Elías con el Señor, la espera de su revelación en el monte Horeb, y el viento que...

—¿Qué has elegido? —lo interrumpió la enfermera mirando el rostro abstraído de Shio—. Cuando uno está indeciso lo mejor es fiarse del curry, vas sobre seguro —añadió circunspecta.

La muchacha ya había cogido la bandeja, los palillos y dos platitos de ensalada, y se dirigía a paso veloz hacia el mostrador del curry.

Inmóvil, en medio del comedor del hospital, Shio experimentaba su propia revelación: no cabía ninguna duda, había sido el Teléfono del Viento lo que había hecho volver a su padre, lo que lo había hecho regresar junto a él. Todo aquel aliento que él le había dedicado al hablarle, todos aquellos años en los que mientras respiraba lo había considerado una entidad, Dios lo había encauzado y se lo había reservado para él.

Eso era seguramente lo que le sucedía a cualquier persona que subía hasta la montaña de la Ballena, que dejaba atrás el oscuro valle de Ōtsuchi; lo que le ocurría a cualquiera que se encaramara hasta el ventoso jardín de Bell Gardia.

Era un verdadero acto de fe: levantar el auricular, introducir los dedos en los diez pequeños orificios y, a pesar del silencio que se abría ante nosotros, hablar. Eso era, ¡la clave estaba en la fe!

—¡Shio, ven! ¡Que se enfría el curry y luego es un asco! —dijo la enfermera, poniéndole la bandeja entre las manos—. Elige, ¡vamos! ¡Rápido! Que además se me acaba el descanso para comer.

—Vale, vale, perdona, yo también tomaré el curry —respondió él, sacando el carnet del comedor y la tarjeta de prepago.

El viento era el soplo de Dios, pensó mientras apoyaba el plato humeante delante de él.

—La cuchara, ten, que siempre se te olvida.

—Cierto.

Itadakimasu!

Itadakimasu!

Y mientras ambos unían las palmas e inclinaban la cabeza, Shio pensó que no, que el viento no era el soplo de Dios.

El viento era Dios.

16

El pasaje del Primer libro de los Reyes que Shio habría citado si su amiga no lo hubiera interrumpido

«Entonces pasó el Señor y hubo un huracán tan violento que hendía las montañas y quebraba las rocas ante el Señor, aunque en el huracán no estaba el Señor. Después del huracán, un terremoto, pero en el terremoto no estaba el Señor. Después del terremoto fuego, pero en el fuego tampoco estaba el Señor. Después del fuego el susurro de una brisa suave. Al oírlo Elías, cubrió su rostro con el manto, salió y se mantuvo en pie a la entrada de la cueva. Le llegó una voz que le dijo: "¿Qué haces aquí, Elías?"»

1 Reyes 19, 11-13

17

En resumen: la vida regresó a Tōkyō.

Takeshi, como poseído por un afán de definición, trató de concretar más esas pocas palabras: se casarían, vivirían bajo el mismo techo. Él, Yui y Hana.

A Yui no se lo preguntó oficialmente, y no fue porque le faltaran la desenvoltura ni la firmeza, sino porque después de todo lo que había habido entre ellos, le parecía el desenlace más obvio. Todo apuntaba a esa conclusión.

Cuando una tarde de domingo Takeshi le dijo que mayo sería un buen mes para celebrar la boda, Yui se sobresaltó. Intentó que no se le notara, ni siquiera cuando él le preguntó cuántos invitados calculaba más o menos, o si prefería una ceremonia al estilo japonés u occidental.

Yui no dijo gran cosa, señaló el hecho de que para ella bastaría con ir a firmar al ayuntamiento y luego dar una pequeña fiesta. La incomodaba ser el centro de atención.

Al preguntarse el porqué de aquella conversación iniciada no por el principio sino más bien por la mitad,

Yui asumía la responsabilidad de un olvido. Se convenció de que la pregunta ya había sido formulada con anterioridad y de que en aquel momento ella, simplemente, estaba distraída. Estaba segura de haber dicho que sí.

Por otra parte, la respuesta era un sí, no le cabía la menor duda. El problema era que de repente todo iba demasiado deprisa y ella renqueaba.

Hana entró en el salón mientras estaban hablando del asunto y cogió al vuelo fragmentos de frases. Por su reacción se vio que había comprendido que se trataba de una gran noticia. La niña se lanzó a abrazarla y aquello, aún más que el gesto de Takeshi de hojear el calendario de la cocina y, con un rotulador rojo, trazar un círculo alrededor de la primera semana de mayo, la asustó.

Fue a partir de ese momento cuando empezó a sentir, más que una alegría, un desasosiego. Un miedo impreciso.

Takeshi la telefoneó a primera hora de la mañana, quería hablar con ella cuanto antes para acordar qué harían esa noche. Si vamos al cine, que sea una película de animación, si cenamos en casa, que sea *okonomi-yaki*: las manos en la masa, las paletas al aire y aquellos mazacotes de arroz y harina que tanto le gustaban a Hana.

No obstante, los platos que comerían no tenían ninguna importancia, ya que desde hacía días Yui le parecía escurridiza y aquel escabullirse de sus brazos, aquel posponer la conversación siempre (fuera cual fuese el asunto) empezaban a darle que pensar.

Dos días antes, de camino a Ginza, donde habían encargado las alianzas, él le había tocado el hombro mientras se subían al metro y había tenido la clara impresión de que Yui se había apartado. Esa misma noche, alegando que le dolía la cabeza, se había retirado sin contarle el cuento a Hana. Y lo mismo volvió a ocurrir a la noche siguiente.

Intuía que algo pasaba, pero se tratara de lo que se tratase le había quedado igual de claro que Yui no quería hablar de ello.

Takeshi justificaba aquel repentino retraimiento con el hecho de que para las cosas buenas también hacía falta tiempo. No existía suma ni resta que no exigiera un esfuerzo de adaptación en el cuerpo. La boda se acercaba, la mudanza, el empaquetado y desempaquetado de su antigua vida.

El luto, le había dicho una vez Yui, es algo que se come cada día, un panecillo deshecho en trocitos que se va engullendo poco a poco. Hoy el coscurro del pan, el grano de arroz que queda, mañana el zumo de un limón. La digestión era lenta.

Por lo tanto, la alegría, pensaba Takeshi, no debía de ser algo tan distinto.

La llamada llegó cuando Yui ya estaba en la radio, en la sala de control. La noche anterior, durante el directo, había oído un molesto pitido en los cascos, pero era demasiado tarde y entre todos decidieron marcharse a casa de todas formas. Sin embargo, ahora había que encontrar la causa, enchufando y desenchufando los *jacks*, calibrando el volumen, comprobando de dónde provenía aquel desagradable pitido.

El técnico, inclinado sobre el panel repleto de interruptores, mandos, pantallas y botones, parecía estar cerca de la solución.

—Este cable está gastado, hay que cambiarlo. Probemos de nuevo.

Yui asintió y se dirigió una vez más a la sala de grabación. Era la séptima vez y ya empezaba a estar cansada.

—¿Lista? Prueba a decir algo.

—Probando, probando.

—¿Qué tal ahora?

—¡Ya no oigo nada! —respondió aliviada—. Por fin..., parece solucionado.

Al regresar, el móvil empezó a vibrar de nuevo.

—Si tienes que contestar, adelante, yo bajo a hablar con contabilidad —dijo el técnico fijándose en la pantalla, que parpadeaba sobre la mesa de control—. Me escapo un segundo.

Yui hizo ademán de protestar, pero su compañero ya había salido corriendo, con un documento en la mano.

Aunque se trataría de una boda discreta, tal como Yui había exigido, se estaba preparando una ceremonia: sus nombres transcritos oficialmente sobre la misma carilla del folio en el ayuntamiento, las sillas plegables en las que imaginarse unidos para siempre, el buffet en un restaurante italiano que alquilaba su local para el banquete.

Quizá Takeshi llamara para saber si les había preguntado a sus compañeros de trabajo si tenían alguna alergia alimentaria, si el vestido de Hana estaba listo, si le había llegado la partida de nacimiento del ayuntamiento. Si estaba triste por algo, y por qué.

Aun así, a Yui, todas las preguntas que le hacían le parecían solamente una, repetida y obstinada, camuflada en todas las demás: «¿Estás lista, Yui? ¿Estás realmente lista?»

El teléfono tembló por última vez, luego se detuvo. A continuación, llegó la notificación de un mensaje, y de nuevo enmudeció.

Leyó: «Te esperamos a las 19 h. Hana dice que quiere comer *okonomi-yaki* otra vez. ¿Qué te parece? En cualquier caso, ¡hasta luego!»

Lo releyó: «¿Yui, estás lista? ¿Estás realmente lista para vivir con nosotros?»

Desde hacía unos tres días, en los momentos menos oportunos, le venía a la cabeza la imagen de la muchachita en que, presumiblemente, Hana se transformaría un día.

Pelo abundante y largo, recogido en una agresiva coleta. La veía cruzar la puerta de casa, sin saludar, tirando la bolsa al suelo de la entrada, y de repente notaba que la casa retumbaba. Veía su uniforme del instituto, las piernas que le costaba imaginar largas y más gruesas que ahora, casi con seguridad musculosas porque jugaría al tenis o al *lacrosse*.

—¿Cómo ha ido el día? —preguntaba.

Y Hana, arisca, respondía:

—Estoy cansada, paso de cenar.

Y pam, portazo en su dormitorio y fin de la jornada.

Luego, cambio de escenario.

Ahí estaba Yui, que, sin llegar a verse, se sabía más vieja. Las dos estaban en la cocina, ella exponiendo el menú de la cena (¿o tal vez los planes del fin de semana?) y Hana haciendo un mohín de vergüenza y humillación, dirigiéndole frases de desprecio, justo a ella, que en su origen no era parte de la familia. ¿Tal vez había dicho una palabra equivocada? ¿La había criticado? ¿O a lo mejor le había negado algo? ¿Algo que era importante para ella?

Probablemente no se mereciera toda aquella rabia, pero era una cuestión de roles. Casi siempre lo era.

Y luego, de nuevo, el fondo que cambia, el telón que se abre.

Esta vez estaban en un tercer lugar que no era ni la entrada de la casa ni la cocina. Ella soltando la cantilena de «haz los deberes, estudia, cuidado con los chicos, que una vez que lo haces luego es para toda la vida, fíate de mí, no lo olvides, y esta falda, Hana, te la remangas demasiado a la cintura —lo hacen todas las chicas, así que seguro que Hana también lo hará—, y este pintalabios tan rojo es vulgar, no es adecuado para tu edad».

En la puerta de su habitación, por último, persiguiéndola mientras ella se escabullía:

—Hana, ¿vas a salir? ¿Con quién?

—¿Y a ti qué te importa, Yui?

—Soy tu madre y...

—No eres mi madre, no te debo nada.

La verdad era que: uno) aunque hubiera sido Akiko, la situación de todas formas no habría cambiado nada, y dos) jamás se habría atrevido a referirse a sí misma con esa palabra. La aterrorizaba al menos tanto como la idea de que se la pudieran arrebatar de nuevo.

Eso era, desde hacía días se imaginaba a Hana de adolescente, enfrentándose a ellos, a Takeshi y sobre todo a ella; escenas desconectadas que mostraban a Hana combatiendo en aquella guerra *a priori* en la que consistía hacerse adulta. Era agotador para todos, padres e hijos, y no digamos para Yui.

Recordaba que cuando se quedó embarazada de su hija, se había preguntado cómo bregaría con ella cuando fuera adolescente. Se moría de miedo ante aquella etapa de la vida y recordaba habérselo comentado en la decimosegunda semana del embarazo a la ginecóloga mientras ésta le exploraba la barriga. La doctora, observando aquel diminuto ser en la pantalla y el gesto de consternación de Yui, había soltado una ruidosa carcajada.

En ese momento, el técnico entró de nuevo en la cabina de control:

—Qué cara de funeral, Yui-san. ¿Estás bien?

Pero quizá lo que había que temer era algo totalmente distinto. Justo lo contrario: una Hana tan sumisa que convertiría la adolescencia en una promesa no cumplida. O aún peor, en una ocasión perdida. ¿Se fustigaría porque Yui no era su madre? ¿Y si reprimía el lado rebelde y acusador que en realidad era fundamental a esa edad?

Eso también sería terrible y todo sería por culpa suya, de Yui, que en el fondo no era parte de la familia.

—Bueno, ¿hacemos una última prueba? —dijo dirigiéndose al técnico, con brusquedad—. El pitido durante el directo de ayer me puso nerviosa.

Durante la semana siguiente, aquellas escenas le volvían a la cabeza estuviera donde estuviese. En la caja de la frutería, cuando iba a pagar una lechuga y un racimo de uvas; en la cola para el baño de la estación; mientras pasaba la acreditación a la entrada del edificio de la radio. La asaltaba la sensación más o menos constante de ser incapaz de amar a Hana como debía, sobre todo durante aquellos tormentosos trances.

Exacto, eso era, se dijo una mañana delante del espejo, escrutándose el rostro. La cuestión no era casarse, ni tampoco dejar su casa. El quid de la cuestión era convertirse en la madre de Hana.

Recordaba que había tardado al menos tres meses en sentirse enamorada de su hija. Y eso que la había parido ella y había tenido nueve meses para hacerse a la idea. Quién sabe qué ocurriría con una criatura que no era suya, en aquella inevitable fase en la que ésta embestía como un toro.

Por haberse concentrado tanto en el ansia de ser o no ser amada lo bastante, Yui comprendió que había pasado por alto la parte más importante del asunto.

¿Era capaz de amar a Hana? ¿Sería capaz de alcanzar aquel nivel de imprudencia? ¿De regañarla? ¿De decirle «ya basta»?

18

Las dos cosas peores que Yui pensó en aquellos veintitrés días

El amor existía, aunque no era el remedio para nada.
¿Cómo iba entonces a salvar a las personas?
El amor no reparaba un jardín ni ordenaba una casa.
Era algo que por tanto no servía de mucho.

Rescatando los mejores recuerdos de su hija, inconscientemente se arrepintió de haber sido feliz. O de no haberlo sido lo bastante.

19

Faltaban menos de dos meses para la boda.

Se avecinaba el enésimo once de marzo. Aniversarios cada vez más deslavazados, la herida cuya postilla se rascaba con la uña para saber si había cicatrizado o aún no.

Caminando hacia la entrada de la Tōkyō-eki, Yui vio parpadear en la pantalla del móvil el número de Takeshi y de Hana.

«Quieren hablar conmigo, pero yo no tengo nada que decir —pensaba—. En el fondo siempre hay al menos una cosa que decir, pero yo no tengo ganas de compartir nada.»

En las últimas semanas se había mostrado esquiva. Se excusaba diciendo que estaba preparando un nuevo programa de radio y ella era la responsable de la presentación y la dirección. En cuanto acabara y retransmitieran las dos o tres primeras emisiones, todo retornaría a la normalidad.

Yui chocó con una mujer, «disculpe», susurró; la distracción la volvía maleducada. Evitó levantar la cabeza y mirarla a los ojos, aceleró. Cuando se abrieron de par en par las puertas de la línea Chūō, se situó en la fila de la derecha. El tren escupió una multitud de personas y tragó otras tantas. Se subió.

«Próxima parada: estación de Kanda. Kanda. La salida queda a su derecha», recitó la voz grabada. Tono ordenado, palabras ordenadas. Primero en japonés, luego en inglés.

Yui echó una ojeada de un lado al otro del vagón para no obstaculizar el paso de la muchedumbre.

Mientras el tren se balanceaba y, al llegar a la estación, frenaba, Yui reflexionó por enésima vez sobre el hecho de que, si se convertía en la esposa de Takeshi, Hana la tendría como madre a ella y sólo a ella.

Nadie más tendrá derecho a ese nombre. ¿Estás segura de que te corresponde?

Yui era voluble, tenía cierta tendencia a la tristeza, como si la hubieran concebido inclinada y deslizarse fuera parte de su naturaleza.

¿Era la persona adecuada para tratar a una criatura sensible como Hana? ¿Y si la contagiaba de su insidiosa melancolía?

En la pantalla del móvil, la vista previa del mensaje mostraba un osito con la boca en forma de D pero al revés. Entre los brazos exhibía una bandeja: «¿Vienes a cenar a casa?», le proponía.

A Hana le encantaban los emoticonos de Line y tenía debilidad por aquella serie de los osos. Debía de ser ella quien había elegido aquel *sticker*. De mayor, decía a veces, le gustaría crear otros nuevos. ¿Existía un trabajo así?

«Próxima parada: estación de Ochanomizu. Ochanomizu. La salida queda a su derecha.»

No se merecían que huyese. Yui se bajó del tren pensando que tenía que resolver aquello sin dilación.

· · ·

Yui se dio un plazo de dos semanas. Takeshi, aun sin saberlo, se lo concedió.

Hana preguntaba, no se imaginaba que Yui estuviera atravesando una profunda crisis ni que dicha crisis se debiera a ella. O por lo menos a una «ella» que todavía no existía y que, para más inri, ni siquiera se sabía si existiría algún día.

En teoría, Yui tenía que ir a retirar su partida de nacimiento, a que volvieran a expedírsela. En la práctica, aquel documento le había llegado por correo hacía días y descansaba en una carpetita entre una montaña de papeles en la cocina.

Cuando no sabía qué hacer, Yui acostumbraba a no hacer nada. En aquella ocasión, sin embargo, consciente de que el tiempo era algo muy preciado y sobre todo de que, al igual que una solución química, si se dosificaba mal, era capaz de estropearlo todo de forma irreversible, no vaciló.

Antes de que pudiera cambiar de idea, cogió el teléfono y lo llamó.

—Suzuki-san, ¿puedo ir a hacerles una visita? —preguntó después de un brevísimo intercambio de palabras.

—Yui-san, aquí siempre serás bienvenida —respondió el guardián, quien por su tono había intuido que debía de haber sucedido algo.

—Había pensado en ir uno o dos días.

—Puedes quedarte aquí durante todo el tiempo que quieras.

Esa vez Yui no cogió el coche sino el tren. Quería tener las manos libres y, si hacía falta, hasta cerrar los ojos y dormir.

Antes de montarse en el *shinkansen*, pasó por el *konbini* a comprar los *onigiri* y el chocolate de siempre, y por casualidad vio a una mujer haciendo fotocopias. Se le vino a la memoria el entusiasmo de su hija por la máquina fotocopiadora del Lawson o del Family Mart. En una ocasión, la niña descubrió que, para entretenerse mientras las hojas se imprimían, la pantalla proponía jueguecitos de concentración. Imágenes casi idénticas, entre las que aun así había que encontrar cinco diferencias; es decir, eran iguales, ¿salvo por...?

Por ejemplo, dos conejos sentados a horcajadas en una cestita de zanahorias;

mangas de rayitas blancas y azules *versus* mangas de rayitas blancas y verdes;

un lacito rojo en el lado derecho de la cestita *versus* un lacito en el lado izquierdo;

cielo despejado *versus* cielo con una nube en medio;

cuatro zanahorias *versus* cinco zanahorias;

tres botones en la blusa *versus* la misma blusa, pero con un botón más.

De camino a Bell Gardia, escuchando bossa nova en los cascos y con un periódico en el regazo que ni siquiera hojeó, Yui pensó en cinco diferencias entre Hana y su hija.

Después de obligarse durante meses a no comparar y, a lo mejor, precisamente gracias a las grietas que desde hacía días se abrían dentro de ella, se concedió la normalidad de pensarlo: las niñas eran distintas y al mismo tiempo se parecían. El amor quizá no excluyera que en cada una de ellas pudieran apreciarse cosas distintas.

Es más, resultó que conseguir identificar no cinco sino decenas de diferencias entre ellas, en vez de turbar a Yui, la tranquilizó.

• • •

Yui no le dijo a nadie adónde iba y todos tuvieron la delicadeza de no hacerle preguntas. A Hana le contaron que había regresado a su pueblo para recoger unos documentos importantes y que en aquel lugar el móvil no tenía cobertura. La niña se dejó engañar: lo que la convenció no fueron las palabras sino la expresión ansiosa de su padre.

Cuando Yui volvió a Tōkyō después de pasar tres días aislada por completo y sin haber dado señales de vida, parecía estar mejor.

Nunca le contaría a nadie adónde había ido, tampoco a Takeshi; ni siquiera después de la boda.

La verdad era de lo más simple: Suzuki-san había puesto a su disposición un cuartito en la planta superior de su casa, y ella, como una hija adulta que regresa a casa de sus padres unos días, se había dejado mimar. Había dormido sin poner el despertador, había comido sólo manjares apetitosos y había hablado más del futuro que la esperaba que del pasado que la había llevado hasta allí la primera vez.

Como pago, llevó a cabo pequeñas tareas: sujetó la escalera mientras la vecina podaba sus manzanos, limpió el canalón del tejado, repintó la cabina del Teléfono del Viento, peló zanahorias y patatas, mezcló salsas, cosió el dobladillo de un delantal y remendó un roto de un pantalón de trabajo.

A Suzuki-san y a su mujer no les dijo que tenía miedo a convertirse en la madre de Hana. Pero sí la describió con todo lujo de detalles, y les contó lo rápido que crecía la niña desde que había empezado el colegio, les habló de las dos amigas inseparables que ya había hecho, de los numerosos talentos que poseía y que había que estimular con el correspondiente entusiasmo.

240

· · ·

El día en que tenía previsto partir de nuevo hacia Tōkyō, pidió que la dejaran una hora sola. Llovía. Llevó las bolsas a la entrada de la casa y se metió en la cabina.

Levantó el auricular del Teléfono del Viento.

Por primera vez, habló.

20

El juego de las cinco diferencias que Yui encontró entre Hana y su hija

DIFERENCIA NÚMERO 1: las uñas

Hana se comía las uñas: después de un día de colegio apenas le quedaba parte blanca, parecían un fiordo. En cambio, a su hija le encantaba pintárselas: tan pequeña y ya tan exigente, pedía esmaltes celestes o violeta para cada uno de sus diminutos deditos.

DIFERENCIA NÚMERO 2: el hambre

Hana no comía. Estaba flaca como Yui, que siempre había sido demasiado delgada. Según Takeshi, Hana era flaca por la edad, no por constitución. La madre de Hana, en realidad, era robusta, le gustaba estar entrada en carnes, incluso compraba vestidos más anchos de la cuenta porque preveía que fácilmente tendría una talla más, la L podía pasar a convertirse en una XL en cualquier momento.

Tal vez Hana había salido a ella, quién podía decirlo. Habría que esperar a que se desarrollara, a que cumpliera diez años.

Su hija, por el contrario, comía con un gusto fuera de lo común; ella también era delgada, pero en su caso sí que era por constitución.

«Tengo hambre —se quejaba todo el rato—, tengo muchííííííísima hambre.»

Y al acabarse el desayuno o la cena, desde que empezó a mantenerse de pie (¿a los doce meses?, ¿tal vez a los trece?), correteaba hasta el frigorífico y tiraba con la manita de la puerta para luego clavar la mirada en el espacio blanco y, con tono imperativo, ordenar: «¡Galleta! ¡Yogur! ¡Zanahoria!»

DIFERENCIA NÚMERO 3: la voz y el canto

Hana no cantaba; la música, sin embargo, parecía hacerla caer en un estado de gracia.

«Si algún día canta, entonará muy bien», pensaba Yui.

Su hija mezclaba todos los acordes, cada uno parecía desconectado de los demás dentro de la melodía. No obstante, usando unas pocas palabras, inventaba textos, componía frases sin sentido y daba la impresión de estar firmemente convencida de haber creado una banda sonora fantástica.

«Escucha, mamá», empezaba diciendo, para después soltar una retahíla de letras y palabras corrientes. Qué risa.

DIFERENCIA NÚMERO 4: clasificar y jugar

Su hija agrupaba las cosas por colores. Los bloques, los libros, los muñecos se reunían de forma natural sólo porque eran blancos, morados o azules.

Hana sólo se fijaba en su utilidad. Dejaba las cosas ahí sin más. En apariencia no clasificaba nada. En secreto, a saber.

DIFERENCIA NÚMERO 5: la gestualidad
Su hija era una auténtica marimacho.
Hana era con diferencia la niña más femenina que Yui había conocido en toda su vida.

21

A Yui y a Takeshi a menudo les picaba la curiosidad y se preguntaban qué ocurría «después», cómo acababan las historias. Cuchicheando largo y tendido en aquel tono bajo lleno de sonidos menores, antes de apagar la luz de la mesita de noche repasaban la fisionomía de jóvenes y ancianos, la ropa veraniega, las trencitas, los abrigos pomposos y demás detalles de las personas que habían visto levantar el auricular en la cabina de Bell Gardia.

Yui recordaba con ternura sobre todo las manos de los niños que había visto estirarse con impaciencia hacia el teléfono, como tallos hambrientos de luz.

Había hombres y mujeres conmocionados por la muerte del cónyuge, aunque algunos habían vuelto a casarse tiempo después, como Takeshi. Y luego estaban los amantes que se habían quedado amando solos, ancianos llenos de arrugas que buscaban a hijos perdidos por todo tipo de motivos, o también a hermanos menos longevos que ellos.

En los casos donde faltaba un final, Yui y Takeshi trazaban futuros brillantes para aquellas personas, en los que la vida los recompensaba de algún modo. Augurarles lo mejor era lo máximo que podían hacer.

Sin embargo, había otros vínculos que seguirían cuidando con mimo siempre. Keita, por ejemplo. Desde que el muchacho se mudara a Tōkyō para estudiar en la Tōdai, de vez en cuando iba a cenar a casa de la pareja y, en aquellas ocasiones, cada vez más contadas, en que Yui y Takeshi lograban volver a Bell Gardia, él también se apuntaba, para disfrutar del trayecto en compañía y pasar el día con su hermana y su padre, y también para acercarse al Teléfono del Viento y contarle sus logros a su madre.

Sin embargo, nadie había vuelto a saber nada de aquel padre que había perdido a su hijo en el ciclón, y a Takeshi le daba pena. Recordaba la larga confesión del hombre en la salita de la casa de Suzuki-san, y sentía que había sido precisamente gracias a la franqueza de sus palabras que aquella tarde, mientras regresaban en coche a Tōkyō, se había desarrollado entre él y Yui uno de los diálogos más intensos que recordaba haber mantenido con ella.

Un día, dos años más tarde, mientras corría sin resuello hacia una entrevista en un café de Ginza, Yui se toparía con un rastro de él. En las estanterías de la pequeña librería independiente donde cada mes se exponía un único título, Yui leería, en letras doradas: *La edad a la que no se muere.*

El título le llamaría la atención y, pese al retraso y la excitación, se detendría y, convencida de que el autor del libro no podía ser otro que el hombre que ella y Takeshi habían conocido unos años atrás en Bell Gardia, lo compraría.

Por la noche, junto a su marido, Yui ojearía sus páginas, consciente de las secretas correspondencias, de las referencias y de las simetrías que el mundo de los vivos mantenía con el de los muertos.

—Escucha esto —le diría a Takeshi.

Se conmoverían al leer la escueta dedicatoria: «Para Keiko, de papá.» Se acabaron las recriminaciones, se acabaron las *baka*. Quién sabe, se preguntarían, si padre e hijo todavía mantenían aquel diálogo en diferido en sueños.

Cuando llamaron a Susuki-san para contárselo, el guardián se sintió aliviado. Hacía años que el hombre no aparecía por Bell Gardia, pero era obvio que había encontrado su manera de hablar con su hijo. En el fondo era lo que les deseaba a todos, que ellos mismos se fabricaran el lugar donde curar su dolor y cicatrizar su vida, en una ubicación distinta para cada uno.

22

Dirección de la librería de Tōkyō por la que Yui pasó aquel día

Morioka Shoten & Co
1-28-15 Ginza, Chūō-ku, Tōkyō
Edificio Suzuki, 1.ª planta

Epílogo

Ahora Yui tenía dos programas diurnos en la radio. Había renunciado a trabajar por la noche, porque le encantaba cenar en familia. Junto a Takeshi y a Hana revivían la jornada y, después de la boda, la madre de él empezó a acompañarlos cada vez con más frecuencia.

A Yui le resultaban molestas las ráfagas de preguntas con que su suegra le daba la bienvenida cuando regresaba a casa e, igual que Akiko, consideraba excesiva su verborrea. Pero no se lo echaba en cara. Más bien se lo agradecía, porque desde hacía un tiempo a Yui no se le daba bien hablar fuera del estudio de grabación. Le encantaba quedarse en silencio, en los rincones de la casa, disfrutando de la acumulación de calor y belleza que había en el centro: Hana y Takeshi, ella misma, en las escenas cotidianas que transcurrían, idénticas, en la sala de estar, en la cocina o en el dormitorio.

Cuando reconocía la debilidad y el cansancio en aquellos rostros amados, los acariciaba casi hasta con más ganas. Yui adoraba las caras fatigadas y abatidas, pero, si se lo decía a la gente, o no la creían o se lo tomaban como un falso halago. Como si quisiera decir:

«Pareces cansado, pero no estás feo.» Había gente que incluso se molestaba. En cualquier caso, Yui era sincera, para ella los rostros cansados eran más atractivos. En ocasiones se preguntaba si no habría sido gracias a los encuentros en Shibuya a las cuatro de la mañana, a su cara desfigurada por el sueño, por lo que se había enamorado de Takeshi.

Su nuevo hijo, ese que un día germinaría dentro de ella, el mismo que aquel primer día en Bell Gardia Yui no habría imaginado ni siquiera remotamente, sólo llegaría a descubrir de mayor que su madre amaba la fragilidad. La había visto al desnudo, precisa como una definición del diccionario, en las personas que la rodeaban.

Sucedió durante el mes entero que pasó, con el alma hecha pedazos, en un gimnasio encaramado a la montaña, con vistas al mar. No un mar cualquiera, sino un océano que había avanzado y luego se había retirado de la tierra.

La fragilidad, Yui la había conocido sobre todo dentro de sí misma, en cada resquicio de aquellos años interminables, desde marzo de 2011 hasta el día en que conoció a Takeshi y, por último, hasta aquel en que por fin agarraría el auricular del Teléfono del Viento y hablaría con su madre y con su hija.

A Yui no le gustaba hablar de su propia naturaleza quebradiza. Sin embargo, finalmente la había aceptado y ése había sido el modo de empezar de nuevo a cuidarse. La conectaba con la parte más auténtica de las personas, la única capaz de hacer que esas personas se sintieran cerca, partícipes de la existencia de los demás.

Si se lo hubieran preguntado ahora, habría estado segura. La vida consumía, con el tiempo provocaba innumerables grietas, fragilidades. Sin embargo, eran precisamente esas grietas las que decidían la historia de cada persona, las que nos empujaban a desear seguir adelante para ver qué ocurría un poco más allá.

Un día Yui lloraría, y sería al mismo tiempo un bautizo y un funeral.

Bajaría a la estación de Yokohama para llevar a Hana y a su niñito de un año a visitar el Museo de Anpanman, y él llevaría a la espalda la mochila del *shinkansen*, el tren de color rosa y verde esmeralda que prestaba servicio en el nordeste de Japón. En un momento dado, el pequeñín trataría de soltarse de su padre, que lo llevaba en brazos, para lanzarse hacia las escaleras mecánicas por las que le encantaba bajar tanto como temía subir.

Y mientras llegaba el tren en la dirección contraria, golpeando con un latigazo el andén que se disponían a abandonar juntos, el niño gritaría: «¡Mamá!», y la palabra se oiría con tal claridad que todos se quedarían de piedra.

Ese día, sin previo aviso, a Yui se le devolvería aquella palabra.

Sí, el hijo de Yui y Takeshi la llamaría «mamá» por primera vez.

Yui se quedaría inmóvil, con la botellita de té en una mano y la manita de Hana en la otra.

—¿Qué? ¿Qué ha dicho? —le preguntaría al marido mientras un tropel de turistas chinos los envolvía como una bufanda.

—Ha dicho «mamá».

Ahí estaba la última trivialidad sorprendente, la mejor de todas.

En medio de la confusión de la estación, con la disciplinada voz repitiendo los destinos, las llegadas, los trenes estacionados y las salidas, todos se quedarían inmóviles, intuyendo la importancia del momento.

Con el único brazo que tenía libre, sosteniendo con una postura acrobática a su hijo, Takeshi abrazaría también a Yui. Y entonces sucedería el contagio, como decía su madre. Porque Hana captaría el poder de aquella palabra y ella también empezaría a decir mamá, «Mamá», *mamá*, y lo repetiría exaltada, como un encantamiento que suscita alegría entre los adultos y euforia entre los niños.

Después de haberla llamado «Yui» o «Yui-chan» durante años, llegaba «Mamá» y de ahí en adelante las tres palabras se alternarían sin motivo aparente.

Era así como nacía la felicidad: con una palabra restituida, que siempre le recordaría el antes y que cimentaría el después. Como aquel viento que se originaba allí, justo allí, entre los dos trenes que entraban deslizándose en la estación de Yokohama y se marchaban raudos, acudiendo en una dirección y lanzándose hacia la contraria.

Todo volvía, sólo había que llamarlo con el nombre correcto.

¿Era posible que en el perímetro de una misma palabra pudieran convivir sentimientos tan distintos? ¿Podía emplearse en un sentido, sin arrastrar al otro detrás como una cola?

No, probablemente no se podía, del mismo modo que era imposible evitar que Hana comiera chocolate sin embadurnarse toda entera, o que su hijo aprendiera a caminar sin provocarse un sinfín de chichones y cardenales.

Había que fortalecer aquella palabra, hacer de ella un nombre con el que ser llamada constantemente, hasta treinta veces a la hora.

Yui comprendió que la infelicidad llevaba grabadas las huellas de la alegría. Que en nuestro interior conservamos la impronta de las personas que nos han enseñado a amar, a ser tanto felices como infelices. Esas poquísimas personas que nos explican cómo distinguir los sentimientos y cómo identificar las zonas híbridas que también nos hacen sufrir, pero que al mismo tiempo nos hacen distintos. Especiales y distintos.

Esa noche, y todos los años venideros, Takeshi también se lo confirmaría:

—Cuanto más tiempo pasa —dijo—, más me convenzo de que todos vivimos detenidos en el momento de nuestra primera palabra.

Las primeras palabras de Yui al Teléfono del Viento

¿Hola?
Soy Yui.
Mamá, soy Yui.

Las segundas palabras de Yui al Teléfono del Viento

¿Hola?
¿Sachiko?
Estoy aquí, soy mamá.

Glosario

azuki: variedad de judía pequeña de color rojo parduzco, ingrediente base de la repostería japonesa, con el que se elabora la pasta *anko*.

boshi techō: abreviatura del término *boshi kenkō techō*, con el que se hace referencia a la cartilla de salud de la embarazada, donde se registran las distintas fases del embarazo, el desarrollo del feto, las vacunas, etcétera.

butsudan: altar doméstico del culto budista para honrar a los antepasados familiares.

chirashi-zushi: tipo de sushi elaborado con numerosos ingredientes, sobre todo verduras, pescado y marisco, tiras de tortilla, etcétera, que se colocan encima de una base de arroz; plato típico de la festividad de *Hina-matsuri*, la fiesta de las niñas, que se celebra el 3 de marzo.

chōchin: lámparas confeccionadas, según la tradición, con un armazón de bambú y láminas de papel de arroz sobre las que se pintan a mano dibujos y fantasías.

ema: tablillas votivas de madera decorada que se cuelgan en un lugar designado a tal efecto en el interior del santuario y sobre las que se escribe o bien una oración o bien un agradecimiento por un deseo que se ha cumplido.

furikake: preparado a base de alimentos molidos, envasado generalmente en bolsitas o botes, que se espolvorea sobre el arroz blanco para darle sabor.

fusuma: paneles verticales de forma rectangular, corredizos y extraíbles, que separan cada uno de los distintos espacios en el interior de las viviendas tradicionales japonesas.

gomennasai: «disculpe», «lo siento», «perdón».

hōjicha: variedad de té verde japonés.

kanji: caracteres ideográficos de origen chino que junto al *hiragana* y al *katakana* constituyen el sistema de escritura de la lengua japonesa.

kazoku: «familia».

kendō: arte marcial japonés.

konbini: pequeños supermercados abiertos las 24 horas del día todos los días del año.

Line: la aplicación de mensajería instantánea más extendida en Japón.

miko: diaconisa, mujer joven que desempeña su labor en los santuarios sintoístas.

mochi: pasta de arroz que se cuece al vapor y se machaca hasta hacerla elástica. Ingrediente base de muchos platos de la cocina japonesa y de buena parte de los dulces tradicionales.

momiji: arce japonés cuyas hojas se tiñen de un rojo intenso en otoño.

mōshiwakearimasen deshita: fórmula del japonés formal para pedir perdón.

nagatsuki: literalmente «mes de las largas noches», y una de las antiguas denominaciones del mes de noviembre según el antiguo calendario lunar.

nyan nyan: onomatopeya del gato, equivalente en español a «miau, miau».

obi: fajín para el kimono, de tejido rígido y grueso, que se ata bien alto por encima de la cintura.

o-bon: celebración veraniega de origen budista en conmemoración de los difuntos.

o-hagi: dulce tradicional japonés hecho con arroz pasado recubierto de confitura de judías azucaradas.

ohayō-gozaimasu: saludo empleado por la mañana y al principio de la jornada que, en la lengua informal, puede abreviarse a *ohayō*.

okaerinasai: fórmula para dar la bienvenida a alguien que regresa al lugar donde se encuentra el hablante. Por lo general, se pronuncia en las mismas circunstancias que *tadaima*, expresión con la que quien regresa anuncia a su vez su llegada.

omiyage: «regalo», «souvenir».

o-seichi ryōri: comida típica del Año Nuevo japonés compuesta por numerosos platos de formas, colores y simbologías específicas.

otsukaresama-deshita: fórmula de agradecimiento por el trabajo realizado y de despedida antes de regresar a casa al final del día o de una sesión de trabajo colectivo o individual.

sembei: galletita de arroz de distintas formas, tamaños y sabores. Por lo general son salados, pero también se pueden encontrar variedades dulces.

shichi-go-san: fiesta que tiene lugar el 15 de noviembre en los santuarios sintoístas para celebrar el crecimiento de los niños de tres y cinco años y de las niñas de tres y siete años.

shio: «sal».

sukiyaki: plato elaborado a base de carne de ternera, *tōfu*, puerros y distintas verduras asadas en salsa de soja y consumidas directamente del recipiente en el que se cocina.

Tōdai: abreviatura del nombre de la famosa Universidad de Tōkyō, Tōkyō Daigaku.

torii: arco que se sitúa a la entrada de los santuarios sintoístas.

Libros de referencia

Foenkinos, David, *La délicatesse*, París, Gallimard, 2009. [Hay trad. cast.: *La delicadeza*, Barcelona, Seix Barral, 2011.]

Itaru, Sasaki, *Kaze no denwa: daishinsai kara 6 nen, kaze no denwa wo tooshite mieru koto*, Tōkyō, Kazama Shobō, 2017.

Itaru, Sasaki, y Yuriko Yanaga, *Kaze no denwa to gurīfukea: kokoro ni yorisou kea ni tuite*, Tōkyō, Kazama Shobō, 2018.

Sagrada Biblia, Conferencia Episcopal Española, versión *on-line* consultable en https://www.conferenciaepiscopal.es/biblia/

Una nota importante

El Teléfono del Viento no es un destino turístico.

No lo busquéis en el mapa. No vayáis corriendo a Kujira-yama a menos que tengáis la intención de levantar el auricular de aquel pesado aparato para hablar con alguien a quien habéis perdido.

No llevéis la cámara fotográfica colgada al cuello, no saquéis el móvil de la funda, pero, eso sí, tened el corazón a mano. Acariciadlo mientras avanzáis por el sendero que os conduce hasta la cabina, tranquilizadlo. Se abrirá.

Hay lugares del planeta que es importante que sigan existiendo, independientemente de nosotros y de nuestra búsqueda de experiencias. Como el bosque amazónico, Selinunte o las esculturas de la isla de Pascua, que deben perdurar tanto si un día llegamos a visitarlos como si no lo hacemos jamás. Uno de esos lugares es el Teléfono del Viento.

· · ·

Yo misma tuve profundos reparos en ir. Lo retrasé durante años escudándome en el trabajo, en lo lejos que queda de Tōkyō, en lo difícil que es llegar hasta esa zona herida por el desastre de 2011, e incluso en el embarazo, y luego en la lactancia, en los niños pequeños. La verdad era que tenía miedo de robar algo, de quitarle tiempo y disponibilidad a alguien que lo necesitara más que yo.

Y sin embargo, al escribir este libro, he entendido lo importante que es narrar la esperanza, cómo el deber de la literatura es proponer nuevas formas de estar en el mundo, de conectar la dimensión del «aquí» con la del «allá».

Para mí el Teléfono del Viento es principalmente esto: una metáfora que sugiere el valor de aferrarse a la alegría tanto o más que al dolor; la idea de que, pese a las restas que la vida nos impone, podemos abrirnos a las muchas sumas que nos ofrece.

Sasaki Itaru cuida, junto a su mujer, del jardín de Bell Gardia. Si alguien desea apoyar la existencia de este rincón maravilloso y de la fundación benéfica de la que depende el Teléfono del Viento —y que organiza anualmente múltiples actividades para la manutención del lugar y de las personas que viven en él—, puede consultar su página oficial: http://bell-gardia.jp/about_en. En ella encontrará los datos del fondo para las donaciones.

Agradecimientos

Este libro ha nacido gracias a ese lugar maravilloso que es el Teléfono del Viento y a Sasaki Itaru, que lo ha concebido y compartido con generosidad con quien sentía y todavía hoy siente la necesidad de acudir a él. El personaje del guardián de esta novela se inspira en él muy libremente, al igual que la ambientación de Bell Gardia es fruto de una percepción inevitablemente personal. Sospecho que es un lugar que, precisamente por su intrínseca espiritualidad, le resulta distinto a cada persona que lo visita.

No obstante, he decidido mantener el nombre del jardín como homenaje a la infatigable labor y el gran corazón del matrimonio Sasaki, y con el deseo de que Bell Gardia quede grabado en la memoria colectiva como uno de los lugares de resiliencia más intensos del mundo.

Las personas que lo han visitado en el curso de todos estos años han transformado Bell Gardia en un sitio mágico, profundamente impregnado de espiritualidad. Su leyenda es a todos los efectos el resultado de una vasta comunidad de individuos y de familias que han experimentado el duelo. También a ellos, por lo tanto, quiero expresarles mi gratitud.

Esta novela le debe muchísimo, por la forma que ha ido adquiriendo, a Cristina Banella y Laura Sammartino, queridísimas amigas. Laura, ¡gracias por el título! Y también a Maria Cristina Guerra, infatigable, siempre cercana, que creyó en ella desde el primer momento, y a Francesca Lang, cuya confianza tan manifiesta siempre me conmueve. Un agradecimiento especial para Laura Buonocore, que comprendió las tramas profundas, y a Pina, que las acarició tanto. Diego, a ti también, ¡gracias de corazón!

En el abecé de los afectos siempre está mi familia. Toda, sin excepción. De las raíces a la punta. Y le dedico un pensamiento especial a Mario di Giulia. Al recuerdo luminoso de Franca. Por el amor que, cuando es así de intenso, está destinado a permanecer.

De no haber sido por mis adorados suegros, Yōko y Yōsuke Imai, jamás habría encontrado el tiempo de escribir esta novela. Mi deuda de gratitud con vosotros es infinita.

Gracias a Ikegami Sakura, a Matsubara Ayumi y a Kyōko Fukawa, por la atmósfera de un lugar común y a la vez privado, donde pude escribir esta novela durante un número incalculable de días. Por la misma razón fundamental, mi más sincero agradecimiento a Kawase Reiko, Miura Yuki, Saitō Momoko, Shimamoto Terumi. Y sobre todo a Sasakawa Nanoka, por los documentos de gran valor que me proporcionó sobre el tsunami que golpeó a su comunidad en 2011.

Es algo poco común poder dar las gracias a quienes han contribuido a llevar un libro al extranjero; sin embargo, *Las palabras que confiamos al viento* ha gozado de una atención excepcional meses antes de su publicación. Por ello quiero expresar mi más profundo reconocimiento a Luisa Rovetta y a todo el extraordinario personal de Grandi & Associati. Gracias a Cristina De Stefano, Viktoria von Schirach, Caterina Zaccaroni, Tomaso Bianciardi y tantísimos más, que lo han cogido de la mano para llevárselo de paseo por el mundo.

Al día siguiente del desastre de Tōhoku, el mundo entero se concentró en el accidente nuclear de Fukushima y en sus implicaciones políticas y ambientales.

De forma deliberada, este libro no hace alusión a él. Está dedicado a las víctimas del tsunami del 11 de marzo de 2011.